JN202910

畠中恵

新潮社

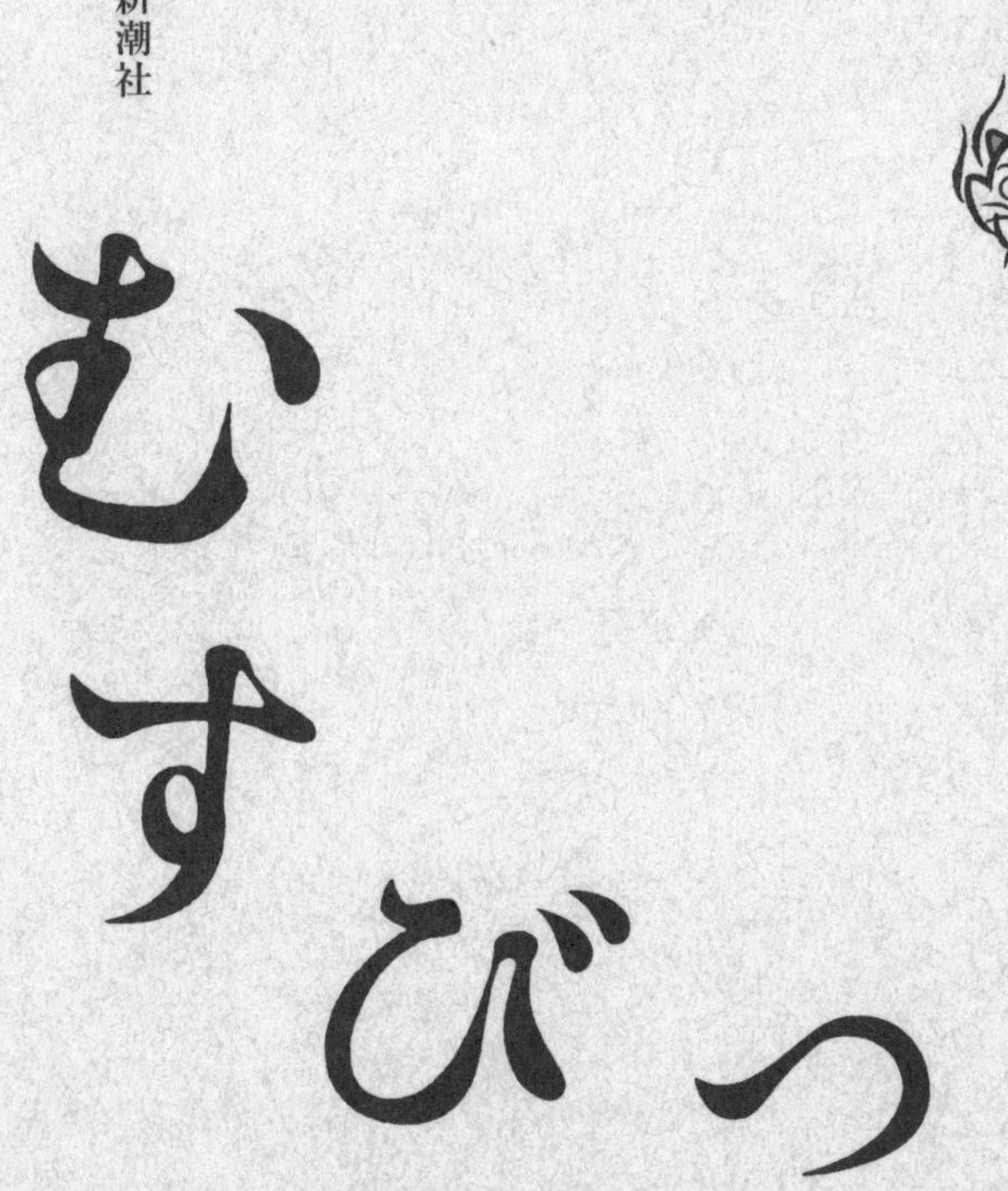

むすびつき✣目次

装画・挿画　柴田ゆう
装幀　新潮社装幀室

むすびつき

序

長崎屋は昔から、妖と縁が深い。

だから若だんなにとって、妖が側にいるのは当たり前の毎日で、それが並とは違うことなど、思い出すことも少なくなっている。

だが本当にたまに、その違いを、ふっと感じることがあるのだ。

上野にある、広徳寺を訪ねた日のことであった。連れて行った妖達が、その時は夕餉に、湯豆腐を作った。お酒を飲んで、豆腐を沢山食べて、大福も焼くつもりで、妖達は沢山、寺へ食べ物を持ち込んだのだ。

そして、豆腐ならば食べられるだろうと、高僧の寛朝や、その弟子秋英も、鍋の前へ招いた。二人は人ならぬ者を見ることが出来る、妖退治で高名な寺の僧だ。もう少し怖がってもいいのではと、寛朝は鳴家へ聞いた。だが小鬼達は首を傾げ、焼いて鳴家へくれと、高僧へ大福を差しだした。

「やれやれ、小鬼は相変わらずだ。二百年前も、こんな風だったのだろうな」

寛朝の言葉に、小鬼らは首を傾げている。

「きゅい、二百年前、小鬼、いたの？」

多分いたのだろうと、寛朝が笑った。すると妖達が、二百年前、己はどんな風であっただろうかと、考え始めた。

佐助がまず話し、仁吉が言葉を続けた。

「二百年前というと、私は街道をずっと、旅していた頃だと思います」

西にいたか、江戸より北にいたかは、定かではないらしい。

「私は、おぎん様と一緒に過ごしていた頃です。当時はあの後も、二、三千年くらいは、一緒にいるものだと思っていました」

おぎんが鈴君と巡り会い、江戸に落ち着く前の話だと、仁吉は言う。その声に、懐かしそうな響きがあった。

「あたしはとっくに、猫又になってましたね。あら、嫌だ。結構年寄りだわ、あたし」

おしろが言う横で、お椀片手の屏風のぞきが、眉根を寄せる。

「あたしは……何、してたっけ。もしかしたらまだ、付喪神には、なってなかったかもしれないねえ」

屏風のぞきが妖になったのは、おぎんが屏風を買ってからだという気がする。付喪神がそう言うと、悪夢を食べる妖の獏、場久が笑い声を立てた。

「へえ、屏風のぞきさんて、結構若造なんですね。わたしは二百年前、既に、己の歳など忘れちまってましたが」

途端、屏風のぞきが頬を膨らませ、若造ゆえ、もう寄席へ、場久の落語を聞きに行ってやらないと言い出した。場久が慌てて謝っていると、鈴の付喪神である鈴彦姫が、自分もまだ目覚めていなかったかもと言い、それから若だんなの方を向く。

「若だんなは、何をしてらしたんですか？」

途端、寛朝や秋英、若だんなが、揃って笑い出した。そして寛朝が、さらりと言う。

「我ら三人は人だ。この世にはまだ、いなかったな」

もし二百年前、己の行いを承知している歳だったら、今は墓の中に入っているだろう。

「この直歳寮で、豆腐を食べたりしてはおらぬよ」

仁吉と佐助が、黒目をすっと針のように細くした。他の妖達は、一寸、ぽかんとした顔になる。

そして小鬼が若だんなへ、真面目に問うたのだ。

「きゅんわ、若だんな。じゃ、その時、どこにいたの？」

若だんなはこの時、返事が出来ず、思わず寛朝の顔を見つめてしまった。

「私は……ずっと前、どうしてたんでしょう？」

まだ、存在していなかったのだろうか。それとも、何か別のものであったのか。いや、そもそもそんなことが、分かる時があるのだろうか。若だんなは寸の間、呆然としてしまった。

高僧や、その弟子秋英ですら、二百年前のことなど、語れはしないのだ。

「この世は、謎に満ちておるのぉ」

それが高僧の答えであったので、小鬼達は寛朝と豆腐を前に、首を傾げてしまった。

昔会った人

1

日も短くなってきたある日、長崎屋の若だんなは、高名な寺、広徳寺に顔を出した。

寛朝から文を貰い、久方ぶりに上野へ向かったのだ。

廻船問屋兼薬種問屋、長崎屋は、江戸でも繁華な通りにある大店だ。そして実は、妖とも深い縁のある店でもあった。そのためか、妖退治で有名な高僧、寛朝とも関わりが深い。

ただ兄やである仁吉と佐助は、最初渋い顔を見せ、外出をしてもいいとは言わなかった。何しろ若だんなは、月初めから三回風邪を引いて寝込み、四回胃の腑をやられて、食事を十分取れなくなっていたからだ。

「遠出をしたら、また寝込むことになります。はい？　妖達が寺へ行きたがっているって？　こやつらは、土産に持って行く菓子を食べようと、狙っているだけですよ」

すると、今日も離れに集まってきていた妖達は、我が意を得たりと深く頷く。

「きゅいっ、おいしいお菓子なら、鳴家はお土産でも、気にしないで食べる」

「……寛朝様は気にされると思うぞ」

「ねえ佐助、行こうよ。私は気になってるんだ。寛朝様はどうして、長崎屋の妖達も一緒に来てくれと、文に書いて寄越されたんだろう？」

いつにないことだと、若だんなは兄や達へ言ってみた。

「それは確かに、ちょいと妙ですよね。寛朝様が、うちへ声を掛けてきた訳だけは、知っておきたいというか」

佐助がそう言った途端、離れへ顔を見せていた貧乏神の金次が、金の詰まった紙入れを取り出し、嬉しげに声を張り上げる。

「よっしゃあっ、今日は上野で泊まりだ。おしろに場久、三春屋さんの菓子を、全部買ってきておくんな。皆と出かけりゃ、若だんなも楽しんで、菓子を沢山食べられるさ」

金次が笑い、場久へ大枚を渡したのを見て、仁吉は片眉を引き上げる。

「今日は随分、金を持ってるじゃないか。金次、しばらく一軒家にいなかったが、まじめに金を稼いでたのか？」

「ひゃひゃひゃっ、大坂にある米相場で、貧乏神として、汗水垂らして働いてたのさ。つまり、何人か貧乏にしていたんだな」

紙入れの金は、金次への借金を踏み倒して逃げた剛の者が、残していったものだと言う。すると妖達は、ならば貧乏神の金だから、当分菓子や酒を買ってもらえると、嬉しげに言い出した。

そして皆は、呼ばれたからには用があることなどすっかり忘れ、楽しく宴会を開く気で、広徳寺へ顔を見せたのだ。

ところが。

長崎屋の面々は、直歳寮の一間へ通された途端、すぐに首を傾げることになった。広徳寺には、思わぬものが待っていたからだ。

寺へ着いて早々、寛朝が見せてきたのは、盆に載せた蒼く丸い石であった。大きさは一寸もなく、鳴家でも手に持てるほどの玉だ。半分透き通った玉の表には、六本の光の筋が浮き出ていた。

「綺麗ですね。中に星でも入っているみたいです」

猫又のおしろが、うっとりとして褒めると、その時石の上の光がするりと動き、妖達の方へ向く。

「おや驚いた。この子、既に妖になっているみたいだね」

若だんなが思わず笑みを浮かべたとき、石は片言を喋り出した。

「あい、あい」

寛朝はここで、小さな玉の妖が、寺へ舞い込んだ事情を話し出した。

「その石は蒼玉と言ってな、広徳寺に納められただけあって、うん、妖だ。唐土より更に西にある国から、渡ってきた宝玉らしい」

高価な品で、贈り物として人から人へ受け渡され、日の本まで来たのだ。そして今回大商人が、出入り先のお武家へ、昇進の祝いとして蒼玉を贈った。

「ところが、だ」

寛朝がため息をつく。

「玉はこの通り、付喪神になっておった。贈られた先で動き、片言をしゃべったのだ」

拙いことに、それをお武家に見られてしまった。よって玉は、妖退治で高名な広徳寺へ、来ることになったのだ。

「ありゃ蒼玉さん、間抜けをしたね」

口を挟んだのは場久で、本性は悪夢を食べる獏だが、今は噺家になり、若だんなの貸家で暮らしている。同じ家にいる金次とおしろも、隣で苦笑を浮かべた。

「そのお武家様ったら、情けないですねえ。こんな小さな付喪神の、何が怖かったのか」

長崎屋の面々は首を傾げている。すると仁吉が、ここで寛朝へ顔を向けた。

「御坊、蒼玉のことは分かりました。ですが」

若だんなは今月も、起きている日より、寝付いている間が長い。その不調を押して広徳寺へ来てみれば、小さな付喪神が一つ、片言を話しているだけだ。

「我らは何で、こちらへ呼ばれたんです？」

寛朝は、厳しい顔つきを見せてきた。

「実は、な。この石の持ち主である武家は、石を広徳寺へ寄進した訳ではない」

武家は最初、石から妖を取り除いて欲しいと、寛朝へ言ってきたのだ。しかし蒼玉そのものが妖になっており、無理だと言ったところ、では妖でもいいから欲しいという物好きに、売ってくれと言われたという。

「どうやらそのお武家、金に窮しておるようでな」

高い宝玉を、ただで寺へ引き渡す気はないという。仁吉が顔をしかめた。

「あの……まさかと思いますが、玉を買わせるため、若だんなを呼びつけたんですか？」

隣で佐助も、怖い顔つきになっている。高僧は、急ぎ手を横に振った。

「いやいや、話を最後まで聞きなさい。わしは困った。で、蒼玉自身へ、これからどうしたいのか問うたのだ。だが蒼玉は、余り長くは話せないのでな。どうもよく分からん」

ただ、どこへ行きたいか問うたとき、蒼玉は、はっきり答えたという。

「〝若〟と言った」

蒼玉は、〝若〟と巡り会いたいと思っているのだ。

「おやおや」

「もちろん〝若〟にも色々あろう。長崎屋の、若だんなのこととは限るまい」

だが長崎屋が妖と、縁が深いのも事実だ。それに寛朝は、〝若〟を探している蒼玉が、売り払われ、見世物にでもされるのは、かわいそうだと考えた。

「で、一度長崎屋の皆と、蒼玉のことを話してみたいと思い立ったわけだ。万に一つ、長崎屋ゆかりの誰かが、この妖を知っておったら、助かるでの」

縁がある者がいれば、きっと蒼玉を助けてくれるに違いない。寛朝が調子の良いことを言ったので、妖達は小さな付喪神の側に集まり、兄や二人は、はっきり顔をしかめた。

「寛朝様、御坊ときたら最近、長崎屋をすぐ、当てにするようになっていませんか」

高僧にあるまじき、情けないやり方だと言われ、寛朝は身を小さくし、弟子の秋英(しゅうえい)がため息をついている。一方若だんなは、困った顔になった。

「私はこの付喪神、見た覚えはないです。特徴のある石だから、会っていれば忘れないと思うんですが」

「きゅい、鳴家はこの子、甘そうだと思う」

「ぎゅんい、飴みたいで美味しそう」

「おしろの知り合いでもないですねえ。ですから猫又仲間からお金をかき集めて、この子を買い取る訳にはいきません」

それは場久も同じだという。

「あい、あい」

自分のことだと、分かっているのかいないのか。蒼玉から暢気な言葉が聞こえる。寛朝はどうしたものかと、ため息を漏らした。

「実は持ち主の武家から、結構高い値をふっかけられておるのだ」

高僧寛朝は入る金も多いが、老人から親のない子まで、金を出さねばならない先も沢山抱えている。とてもではないが、買えなかったという。

「あい、会うの、若長（わかおさ）」

だが、寛朝のぼやきが聞こえても、蒼玉は暢気な声を上げ続ける。ここで佐助がふっと、片眉を引き上げた。

「おや寛朝様、この子が探しているのは、若だんなじゃありませんよ。今、〝若、長〟に会いたいと言いました」

似た言葉だが、違う立場の者であった。御店の跡取りを、〝若長〟とは言わない。

「おや、その言葉は初めて聞いたな。今まで蒼玉は、若としか言っていなかったのだ」

つまり、せっかく集まってもらったのに、長崎屋の面々には無駄足を踏ませてしまったらしい。

寛朝は申し訳なさそうに頭を下げた。

「遠出をさせて済まぬ。今日は泊まって、ゆっくりしていってくれ」

長崎屋の妖達は、もちろん深く頷く。

「きゅい、宴会するから、無駄足にはならないの。鳴家、いっぱい食べる」

「寛朝様、湯豆腐にする気で、豆腐もたっくさん運んできたんですよ。それなら御坊でも、食べられますし。ご一緒にどうぞ」

だから鍋を貸してくれと、おしろの言葉が続く。

「……これは、気を遣わせたようだ」

早々に宴の支度を始める妖らを見て、寛朝は眉尻を下げつつ、また蒼玉へ目をやる。

その時、だ。部屋の内で立ち上がった者がいた。そして寛朝へひらひら手を振ると、思わぬことを口にしたのだ。

「御坊、ちょいといいかい」

「おや、何かな」

「その、驚いたね。あたしはこの小っこい妖を、昔、見たことがある気がするんだ」

「お主、蒼玉を知っておるのか？」

七輪を並べていた手が止まり、妖達の目が、一つところに集まる。皆が見つめたのは、金がたんと入った紙入れを握って立っている、貧乏神金次の姿であった。

「珍しい石だし、間違いないと思う。だがなぁ……随分と前だったたって気が、するんだよねえ。いつのことだったたか」

金次は手にしていた紙入れを額に当てつつ、小さな付喪神を見つめている。若だんなが目をきらめかせた。

「金次、随分前って、十年くらい？　それともひょっとして、私が生まれる前の話なのかな」

金次は首を横に振った。

「若だんな、そんなに最近の話じゃない。そうだな、この江戸だって、まだ蘆ノ原だった頃のことだ」

うん、確かにその頃、蒼玉と会っている。金次は宝玉へ目を向けた。

「二百年……いや、もう少し前かな。ああ、思いだした。まだ日の本のあちこちで、国盗りの戦をしてた時だよ。そうそう」

「きゅわきゅわーっ」

「なになに、金次ったらそんなに昔に、この石と縁があったんですか？」

妖達が、弟子の秋英が持ってきた鍋を手に騒ぐ。金次は直歳寮の一間で、昔のことを語り始めた。

2

「あたしは、日の本中が合戦をしていた頃も、今と変わらず貧乏神だった。だから、せっせと人を貧乏人にしてたんだ」

ここにある蒼玉は、堺かどこかの商人が、借金の代わりに、金次へ寄越したものだった。綺麗な玉を手にしたものの、金次が根付けや紙入れの飾りに、華やかな品を使うことはない。よって紙入れの底に入れたまま、蒼玉のことは、しばし忘れていたのだ。

「同じ町に居続けると、祟る相手にも困る。それで旅を続けてたら、あたしは上方の山道で、えらい目に遭っちまったんだ」

大雨に降られ、古いお堂へ逃げ込んだ夜、金次は山崩れに巻き込まれたのだ。貧乏神だから、崩れ落ちてきた土とお堂に潰されても、直ぐ死にはしなかった。しかし。

「お堂の残骸と土に総身を押さえ込まれて、身動きも出来なかった。つまりあたしは、ずっと潰されたままでいたんだ」

一日、二日と経つと、それがどれ程とんでもない話なのか、身にしみた。金次は動くことも、食べることも飲むことも出来なかった。いや死ぬことすら出来ず、ただ埋まっていたのだ。

「あんなに怖かったのは、初めてだったよ。三日もしたら、泣き叫んでた」

山崩れの跡は危ないから、やって来る物好きなどいない。わめくだけ損だと思ったが、土の中は冷たくて苦しい。自分の声でもいいから聞いていないと、おかしくなりそうだった。

(畜生、崩れて埋まったお堂にゃ、家に巣くう鳴家すら来やしない)

見捨てられても、惜しまれる身ではない。しかし人ならぬ者として、身を保つことすら出来なくなり、この世から消えるまで、長く長くかかりそうだった。それを考えると、闇の中で一人、歯を食いしばることになった。

するとだ。

七日目の朝、足音が聞こえたのだ。土の中から声が聞こえたら、相手が気味悪がって逃げるだろうとは思ったが、我慢できず、助けてくれとわめいた。

そうしたら思いがけず、誰かが土を掘ってくれてるのが分かった。二人分の声が聞こえて、一人は早く先へ行こうと言っていたが、若い声の方が、踏みとどまり助けてくれた。

掘り起こされた金次は、日の下へ戻ることが出来たのだ。貧乏神だが、とにかくこの時は、恩人に心底感謝した。

「ありがとうよ。あたしは金次っていうんだ。大坂へ出る途中で、山崩れに巻き込まれてね。本当に助かった」

「崩れたお堂の下に、隙間があったんだね。金次さん、運が強かったな」

近くの小川で土だらけの体を洗っていたとき、恩人の若者は春七郎(はるしちろう)と名乗った。

「小さくて貧乏な村だが、これでも若長をしてるんだ。まあ、親が長だったからだが」

そう言って笑っている。金次はここで、急に首を傾げた。

(あ……れ？　あたしはこの若いのと、前に会ったことがあったっけ？)

若長の笑顔が、何だか酷(ひど)く懐かしいような気がしたのだ。だが、それも妙な気がして、眉間に皺を寄せる。

(若長は人だし、まだ本当に若いよな。会ったとしたら、そんなに前の話じゃないだろう)

せいぜい十年の内に違いない。しかし金次はもう随分長い間、貧乏な村へ行ったことがなかった。そういう村には、祟りたいほどの者が、そもそも住んでいない。

(なのに何で、懐かしいんだろうね)

考えても答えは出ず、首を横に振ると、金次は若長へ礼をすることにした。懐には紙入れが無事にあったから、手持ちの品で一番高そうな物、つまり蒼玉を若長へ贈ったのだ。

「命の礼だ。若長、取っといてくれ。そいつは外つ国の宝玉で、蒼玉って物らしいぞ」

「ふあっ、綺麗だね。日中なのに、手の中に星があるみたいだ」

玉は一見小さいが、大層高直なのだと金次は教えた。

「借金の形に寄越した奴は、こいつがありゃ、大坂で大店が買えると言ってた」

「は？　大坂で大店が買える？」

若長は、連れの岩六という男と目を見合わせ、それから慌てて石を、小川から上がった金次へ返してきた。たまたま助けはしたが、そこまで高いものを、貰うわけにはいかないというのだ。

「あん？　おいおい、貰った物が高いからって、突っ返されたのは初めてだぞ」

金次は、なんだか笑えてきて、若長へ、金に困ったことはないのかと問うてみる。すると若長は、大真面目な顔になった。

「うちの村、貧乏だといったろ？　だから今の今、困っている。そのな、凄く困ってる」

そして大坂の方を指し、一緒に歩き出すと、自分の村のことを語り出した。

「今は、あっちでもこっちでも、戦をしてばかりだよな。うちの村にも、落ち武者のような侍達が来ちまったんだ」

腰に赤い布をなびかせ、徒党を組むと、村の皆が薪や木の実、薬草などを得ている山に居座ってしまった。ここは自分たちのものだと言い張り、その上、村から食べ物や着物を盗んだ。しまいには、おなご達までさらって、やりたい放題を始めたのだ。

若長の横で、岩六が唇をゆがめて言う。

「村には年貢を取り立てていく、領主がいるんだがね。おれ達を守ってくれやしねえ」

今は自分たちの砦を、余所の武将から守るだけで、精一杯らしい。

「侍達は、鉄砲を沢山持っててな。おれ達だけじゃ、追い出せない。でもさ、そいつらをこのま
ま、放ってもおけないんだ」

村をこのまま荒らされ続けたら、収穫が減る。飢えて冬を越せなくなるのだ。

「だから話し合って、若長が旅に出ることになった。村にある小さな寺の本山、北の大寺って言
われてるところへ、行くとこなんだ。おれも若長も旅は初めてだよ」

あとは寺しか、すがるところがなかった。寺から領主へ、村を助けるよう言ってもらおうと決
めたのだ。北の大寺は、僧兵も数多くいるという剛の寺で、領主でも、その言葉を無視するわけ
にはいかないらしい。

「ただ、こんな世の中だ。寺がおれらの願いを聞いて下さるかどうか、分からねえんだが」

金次は頷き、にたりと笑った。

「ならば、宝玉をあたしに突っ返すこたぁないさ。そいつを売って、その代金で、無法者と話を
つけたらどうだ？　強そうな侍を、村で雇ってもいい」

力のない領主に期待するより、余程確かなやり方であった。ただし、だ。

「蒼玉は京か大坂で、価値の分かる奴に売りなよ。無法者に、石を渡しちゃ駄目だ」

そうでないと、後から玉はただの石ころだったと、落ち武者に嘘八百を言われかねない。

「今は、安心出来ない世だからねえ。若長、用心しな」

若長は田舎道の途中で立ち尽くし、やがて頷いた。そして大層申し訳ないが、玉を頂くと頭を

下げてくる。その上、もし玉を売った金で村が助かったら、金次は村の恩人だとまで言いだした。

「大坂で玉が売れたら、是非一緒に、村まで来てくれ。田舎の村だが、歓迎するよ」

「若長、その宝玉、高く売れるかどうか分かんねえのに、先走ったことを言って」

「岩六さん、きっと売れるよ。うちの村にも、やっと幸運がきたんだ」

（おいおい、蒼玉を渡したあたしは、幸運じゃなくって、貧乏神なんだけどね）

もっとも貧乏そのものらしい村には、祟るほどのものはなさそうだ。だから、金次が行っても差し支えはなかろうとは思う。

「ゆっくり滞在してくださいね」

若長は、なんとも優しい笑いを向けてくる。金次はこのときも、また首を傾げた。

（ありゃ、やっぱりあたしはこの若長と、会ったことがある気がするな）

一体いつ、どこで顔を合わせたのだろうか。優しげな若長を見ていると、金次は段々、落ち着かなくなってきた。

（もし本当に、若長とどこかで会ってるとしたら、さ。若長は、あたしが誰かに祟ったところを、見てるかもしれないね）

今は、忘れているだけかもしれない。一緒に若長の村へ旅するのは、拙いのではないか。金次は貧乏神であり、人ならぬものではあるが、万能ではない。山崩れ一つ、避けることも出来なかった身なのだ。

（貧乏神にやり返すことができたら、すっとする人は、この世に多いだろうねえ）

そのことは、よく承知していた。

（でも、さ。若長と本当に会ったことがあるのか、そいつを知りたいんだよなぁ）

そう考えると、足は二人と共に、大坂の方へ向いてしまう。金次は若長達と、賑やかな町を目指すことになった。

3

広徳寺の直歳寮で、若だんなと妖達の首が、一斉に傾げられた。それでも宴会の支度だけは、何故だか進められていく。

「会ったことを覚えてないけど、会った気がする人だった？　若長って人が？」

「きゅい、金次はきっと、忘れっぽいんだ」

「二百何十年か前のお人ですよね。そして、妖じゃないときた」

場久が腕を組んで考え込むと、おしろはついと、口を尖らせた。

「親が村の長をしてたんですから、その村の生まれですよね？　初めて旅に出たってことは、余所へ行ったこともないんですよね」

どこで金次と出会ったのか。猫又が首を傾げると、ここで若だんながにこりと笑う。

「あのね、金次。きっと若長は、金次が知っている誰かに、似てたんじゃないかな」

だから懐かしい気がしたのだろうが、知り合い当人ではないから、出会いを思い出せなかったのだ。若だんなの言葉に、高僧寛朝も深く頷いた。

「きっとそうだな。たとえば若だんなに似ておったとか」

すると仁吉がその答えを、ふっと笑い飛ばした。

「寛朝様、金次が若長と出会ったのは、二百年以上前の話です。若だんなはまだ、生まれておりません」

その頃はまだ、若だんなの母おたえすら、この世にはいなかったはずだ。仁吉が、聡明で無鉄砲な若だんなの祖母おぎんに、日々振り回されていた、そんな頃なのだ。

「そうか……いや、妖達の長生きなことに、時々ついて行けなくなるわ」

「それはきっと寛朝様が、じじ様になったから。きゅい、じじ様だからお菓子も、あまり食べられないんだ。広徳寺に、お菓子少ない」

鳴家は食べられるのにと言って、小鬼達は早くも、中身の菓子を食べ尽くした茶筒を、ぽこぽこ叩いている。では、早めに酒宴とするかと寛朝が聞いてきたが、酔うと金次が寝て、話をしなくなるので、先が気になるとおしろが言い出した。

「食べて飲む前に、蒼玉の話を終えて下さい」

「きゅんわーっ、なら早く話して。鳴家、おなか減ったっ」

広徳寺にいる小鬼達まで天井から降りてきて、皆で金次の着物を引っ張りだす。よって貧乏神は、慌てて先を語った。

「大坂には金持ちが沢山住んでる。きっとあの町なら、蒼玉を金に換えられるはずだ。まあ、そっちの心配は、無用だ」

金次は連れの二人にそう請け合って、一緒に山道を大坂へと向かったのだ。

しかし戦いに明け暮れていた頃の山道は、何とか道と分かる程度のもので、石だらけで歩きづらい。その上宿場も、今の江戸のようにはない。店など出したら賊に襲われるからか、山道では茶店一軒、見かけなかった。

「まだ、旅で食うのに便利な干し芋も、ない頃だった。ああ、さつまいもは徳川の世になってから、長屋でも食べるようになったんだぞ」

金次は食べなくても、直ぐに死にはしない。

「だがねえ、連れ二人が心配して、なけなしの干し飯を分けてくれるんで、気が引けたよ」

だがその内、山の中には、金次がよく知る仲間がいることを思い出した。それで貧乏神は、奥の手を使ったのだ。


深い山には、狐や狸がいるものであった。金次は夜、他の二人が寝ている間に、山で妖に会った。人の作った薬の中には、妖にも効く良い品がある。欲しがる妖は多く、旅をするとき金の代わりになった。だから金次は印籠に沢山入れ、持ち歩いていたのだ。

「狐殿、狸殿、山で取れる食べ物と、手持ちの薬を交換してくれないか」

「承知、承知」

「どちらも化けられるだろ？　あたしの連れは人だから、悪いが食べ物を持ってくるときは、人に化けてくれると助かる」

「ありゃ、貧乏神は人のふりをしてるのか。何だか大変だね。まあ、構わんよ」

朝、三人が山道の近くで湯を沸かしていると、程なく妖達が、近くの村人だとかたって、数人で現れた。美味そうなものをあれこれ笹に載せ、持ってきてくれたのだ。

「何と、岩魚が何匹もある。えっ、ここで焼いてくれるんですか？」

若長達が目を輝かせた横で、金次は魚、栗、柿、山葡萄などのお代を薬で支払う。狐たちは慣れた様子で魚や栗を焼き始め、その内、良い匂いがしてきた。

「そういえばしばらく、魚など食べていなかったっけ。早く食いたいな」

何日も崩れたお堂の下に、埋まっていたからだが、金次もさすがにそれは言えずにいる。するとつ。焼き魚の匂いは山中に、考えもしなかった者を引き寄せてしまったのだ。金次が気がついた時、三人と山の妖達は、剣呑な男達に遠巻きにされていた。見れば、前後に五人もいた。

「野武士か。落ち武者のなれの果てだな。若長の村にも来たって言ってたな」

最近、あちこちで見ると金次が言うと、侍達はふてぶてしく笑う。そして当然といったふうに、焼けた魚へ近づいた。

すると、それを見た狸が、眉をつり上げる。

「おい、それはここにいる金次さんへ売ったんだ。お前さんたちの食い物じゃないわな」

この辺りの山は、自分たちの一族が仕切ると、決まっている場所なのだ。

「だから、勝手をするんじゃないよ。報いを受けるからね」

狐と狸はうなずき合い、はっきりと口にする。

だが腰に刀を差しているためか、侍達は妖らの言うことなど、聞きはしなかった。眼前の妖達が細っこい人の姿を取っており、鎌一つ持っていなかったからか、威張った様子を見せてくる。

「へっ、そうなのかい。だがこの魚、おれ達がいただくと決めたんだ」

強い者が、食う物も着るものも、おなごまでも奪い取る。もっと強いと、国まで我が物とするわけだ。

「今はそういう世の中だろ？　お前達、一口も食べられず、運が悪かったな」

侍はそう言い切ると、遠慮なく焼き魚へ手を伸ばした。

ところが。その手を狐と狸が、木の枝でびしりと打って払ったのだ。侍達や若長達までもが、驚いた顔で一瞬、立ち尽くすことになった。

昨今、刀を持っている者達は、人を斬ることをためらわない。迷うと、自分たちが反対に斬り殺される。木の枝で刃に向かう者など、いるはずがなかった。

「あのっ、無茶はいけないよ。相手は侍なんだから……そのっ」

若長は、慌てて狐達を止めにかかる。だが侍達は既に刀を抜き、道の前と後ろから、狐達を取り囲んでいた。

金次はこのとき、若長の袖を引き、そろりとその場から身を引いた。目を見開いた後、岩六もそっとついてくる。その様子を見て、狸が何故だか面白そうに、にたりと笑った。魚が焦げる匂いがした。

そして。

「てめえ、なに、笑ってやがるっ」

狸の笑いがよほど気に障(さわ)ったのか、侍の一人が刀を振りかざしたのだ。金次はそのとき火の側から、魚を刺した串を三本ひっ摑んだ。それから若長を引っ張り、脇目もふらずに道の先へ駆け出した。

「逃げるぞっ、岩六、こっちだっ」

「ひええっ、無茶をしてっ」

岩六が悲鳴を上げたのもどうりで、侍の一人が、すぐに金次達を追って来た。

だが、侍の足音は直ぐに止まった。金次がわずかに振り返ると、どこから湧いて出たのか、沢山の妖狐や妖狸が、山から現れてきていた。

（へん、どっちが無茶をしたのか、侍達は直ぐに分かるだろうよ）

人の世がどう変わろうが、関係ない。滅多に旅人も通りかからない山深い地は、妖達の住む場であり、その決まり事の下にあるのだ。

妖同士の約束は、違えてはならなかった。金次が薬で対価を払ったなら、魚は金次のもの。売った妖達の前でそれを奪うなど、決してやってはいけないことなのだ。

そして、山々に住まう妖らは数が多い。それは人が考えてもいないほど、多いのだ。人が刃向かうことすら出来ないほどに。

（あたしでも、山中であいつら相手に、馬鹿はやらないね）

金次にもの凄い勢いで引っ張られ、若長に振り返る余裕などない。岩六も、ついてくるのに精一杯だ。金次も、決して振り向いたりしなかった。見てはいけないものを目にして、後々まで祟られるのは、ごめんだったからだ。

一瞬、悲鳴のような声が聞こえてきたとき、金次は更に足を速めた。

4

金次が茶を飲んで、話が一旦途切れたとき、広徳寺の直歳寮で、若だんなは眉をひそめていた。寛朝も隣で口をへの字にし、ぶつぶつ言いだす。

「山で、恐ろしいことが起きたに違いないな。金次、お前、侍らを助けてやらなかったのか」

「ひゃひゃっ、御坊、二百年以上前のことで、説教を始める気かい？」

「でもな……二百年以上も前か。うむ、確かに今更、何も出来ぬな」

高僧は侍達がどうなったのか、金次に問うたのだが、知らぬの一点張りだ。一方若だんなは首を傾げた後、妖達へ言葉を向けた。

「それにしても、不思議だよねえ。そりゃ、狐や狸が縄張りにするほど山深い地でも、道くらいはあるだろうけど」

ただ、その地の者達ならばともかく、旅人の往来が盛んだとは思えない。そして、そんな山の中で魚を焼いても、相手がどこにいるか、並であれば分かりづらい筈なのだ。

「何で侍達が、直ぐに三人の近くへ、湧いて出たんだろう」

魚が焼きあがる前に、侍達は現れている。

「若長の村のように、落ち武者が流れてきて、近くに住み着いてたんだろうか」

しかし屏風のぞきが、若だんなへ否と言った。

「妖が、縄張りだと言ってる土地だぞ。流れ者が来ても、追い出されてしまうだろうよ」

「きゅい、じゃあ侍はどうして、魚、盗みにこれたの？」

小鬼達が首を傾げる。たまたま直ぐ後ろを、旅していたのだろうか。若だんなが腕を組んで考え始めると、仁吉が首を横に振った。

「誰かがつけて来ていたら、金次が気がついたと思いますが」

人ならぬ者は、鋭いのだ。若だんなは、眉間に皺を寄せる。

「金次、怪しい侍達がどこから湧いて出たのか、今なら事情を承知しているの？」

問うと、にやにや笑われた。

「若だんな、話は最後まで聞くもんだ。その方が面白かろ？」

皆が頷くと、金次は先を語った。


「やっと物騒な侍達から離れた後、あたし達はじき、川沿いの道へ出たんだ」

川も河原も広く、そこで一休みして、持ち出してきた焼き魚を食べようという話になった。腹を満たし、ほっと一息ついて竹筒に水を汲んでいると、川上から、丸太を組んだ筏（いかだ）が流れ下りてくる。

「ああ、売り物の木を、川下へ運んでいくんだな」

だが、ここで金次は片眉を引き上げた。筏の上で棹を差している筏師は三人いたが、驚いたことに全員、狐が化けた者だったのだ。

（おんや、さっきの妖狐のお仲間かね）

目が合うと、狐は棹を使い、器用に筏を岸へ寄せてきた。そして金次へ、仲間から騒ぎのことは聞いたと声を掛けてくる。

「薬を支払ったのに、侍に邪魔されて、焼いた栗を食べ損ねたそうじゃないか。災難だったな」

よって栗の代わりに、金次達の荷を川下まで運んでやろうと、狐の筏師は言ってきたのだ。大坂まで行くとなると、先は長い。

「この川は急流だから、筏にお前さん達は乗せられないがね。だが、いざって時に走るため身軽になっておいた方が良かろうさ」

「筏師さん、あたしらは誰かと駆け比べをすることに、なりそうなのかな？」

「さぁて、分からない。だがお山にね、妙な侍が、他にも来てるみたいだよ。誰かを探してるようだとか」

この山の辺り一帯は、交通の要所ではない。つまり合戦の場になるところではないのだ。

「侍がこんな場所に、何しに来たのかって、おれらはずっと見張ってるのさ」

気をつけなと、妖狐が笑うように言うと、金次は頷き、軽くぽんと筏を叩いた。

「話を聞かせてくれて、ありがとうよ。この筏の木、きっと良い値で売れるに違いない。礼として、そう言っておく」

「その言葉は嬉しいね。貧乏神は金を操る。うん、お前様がそう言うなら、運んでる木は高値で売れるだろう」

金次は笑うと、河原に置いてあった連れ二人の荷を、さっさと筏師に渡してしまった。

「お、おいっ、何するんだ。は？　荷だけ筏で運ぶ？　何だ、そりゃ」

岩六が止めようとしたが、筏は直ぐに岸を離れ下り始める。一旦流れに乗った筏を、追えるものはいなかった。

「この川が、もっと大きい川へ流れ込む辺りに、木場がある。そこの船着き場へ、荷を取りに来な」

遠ざかりつつ、狐が声を向けてきた。

「荷には、寺への土産など入っているのに。盗られたら、どうするんだっ」

岩六が怒ったが、金次は大丈夫だと、苦笑と共に断言した。妖とて良い奴ばかりではないが、人ならぬ者達にも、決まり事というものはある。

(大した値にもならない荷のために、この貧乏神とけんかする妖はいないんだよ)

つまり預けた荷は、返ってくるのだ。

「それより、だ。筏師によると、この辺りにはさっきと別の侍も、現れてるみたいだぞ」

捕まると、身ぐるみ剝がされることになる。身一つで逃げられると助かるのだ。

「さぁて、なんで侍達が、集まってきたのかねえ。戦もなく、手柄も立てられない田舎道にさ」

若長の返答は、落ち着いていた。

「とにかく追いつかれないよう、先を急ぎましょう」

大名が支配する町中へ入ってしまえば、侍とはいえ無謀はできない。

「おお、いいねえ。しっかりしたその感じ、馴染みのものなんだよなぁ」

若長に感じるこの親しみは、一体、何なのだろう。金次は戸惑いつつ、その思い故(ゆえ)に、ずっと離れられずにいるのだ。

皆で手元に残った柿を食べ、山葡萄を頬ばりつつ、山を下った。ただ、妖達の縄張りであるためか、それとも先の妖狐達に恐れをなしたのか、怖い侍達は不思議なほど、姿を見せてこなかった。

流れの速い山の川は、それは豊かな水量の大きな川へ注ぎ込んでいた。山から続く道もその辺りまで下ると、両側には家が並び、店もあって賑やかだ。そして金次達は無事、筏師から荷を受け取ることができた。

「ありがとうよ、筏師の兄さん達。手間をかけたね」

「いいってことよ。今日は機嫌がいいんだ」

驚いたことに木場にいた筏師達は、小躍りをするほど浮かれていた。尻尾が時々着物からはみ出て、見えているほどであった。

「いやぁ、筏にしてた材木が、滅多にないほど良い値で売れたんだわ。大儲けだ。金次さんのおかげだな」

笑い顔の筏師は、眼前の大河を指し、ここで半時ほど待っていろと言ってくる。

「大坂の近くまで向かう、舟があるってさ」

乗っていけば、大坂も近いもんだと筏師は教えてくれたのだ。

「おおっ、いいね」

舟の上なら、侍や賊に襲われることなど、まずない。金次は喜んだが、岩六の腰が引けた。舟は贅沢だ、船賃はどうするのかと、顔をしかめたのだ。筏師が笑う。

「ありゃ、まさか金次さんが、金に困ってるのかい？　面白いねえ、そりゃ逆さまだ」

「逆さま？　どういう意味なんだ？」

戸惑う岩六の横で、金次はさっさと木場近くの船宿を探し、船賃を大いに値切った後、三人分の金を己(おのれ)で出した。

「ここで舟に乗りゃあ、もう侍達に追いつかれることはないさ。なら金が掛かったって、安いもんだ」

皆で、楽に川を下ることにしたのだ。

「ああやっと、ほっとできる。後は大坂へ入って、蒼玉を売る先を見つけるだけだな」

舟に乗り込んだ後、金次は舟で寝転び、さて、どうしようかとつぶやく。すると若長が、大事な蒼玉を日にかざしつつ言った。

「最初に行く気だった、北の大寺へ向かい、御坊に事情を話すのはどうでしょう。同情して貰えたら、玉を買ってくれそうな金持ちを、寺が見つけてくれるかもしれません」

北の大寺も、忙しいに違いない。今は寺でさえ、焼き討ちや盗みの的にされたりする。それで大寺には、僧兵がいると聞いていた。

「村を助けてくれと、ただ寺にすがるより、上手くいきそうな気がしますが」

「そりゃ、そうだな。それに大きな寺なら、金持ちの檀家だっているだろう。よし、そこへ行こう。場所はどこいら辺だ？　おお、文字通り大坂の北か」

金次は、若長の手にある宝玉へ目を向けると、大事にしてくれる金持ちが買ってくれたらいいなど、明るく言った。

ところが、だ。

舟を下りた三人は、あと少しで旅も終わるというところで、歯を食いしばることになった。金次達は暮れてきた道の後ろに、また、どこかで見たような侍の姿を、二人ほど見かけたのだ。腰に赤い布を付けていた。

「えっ、何でだ？」

たとえ真っ暗でも夜目の利く金次が、素早く気がつき、三人で街道から外れて事なきを得た。だが。

(それにしても、あの侍達、何で直ぐ後ろから、迫ってきたんだ？)

金次達は身軽になり、舟を使い、相当早く大坂へ至っている。もちろん侍達も、馬や舟に乗れば、追いつけはするだろう。

しかし、だ。

(あたし達がどの道を通って、どっちへ向かったか、どうして分かったのかね)

村ゆかりの寺、北の大寺を頼ることは、侍達も考えついたかもしれない。しかし寺へ向かう道は、結構ある。金次達が舟に乗ったのも、たまたまのことであった。

(どうしてあの侍達は、あたし達の、直ぐ後ろにいたんだろう……)

金次は目を、すっと細めた。

5

広徳寺の直歳寮で、妖達が騒いだ。

「きゅい、きゅわ、きょーっ。きっとその侍達、とっくに死んでて、幽霊になってたんだ」

それで金次達がどこへ行くかわかり、その上、素早く後を追えたに違いない。鳴家達は口々にそう言うと、胸を張った。そしてご褒美だと勝手に言って、若だんなのための饅頭へ手を伸ばし始める。

「幽霊に、そんなことが出来たかのぉ」

寛朝が首を傾げたところ、仁吉がきっぱりと首を横に振った。

「高僧の寛朝様が亡くなったり、元々力のある秋英御坊が幽霊になれば、少しは違うでしょうが。そこいらの人が化けたとて、大した力など持てませんよ」

貧乏神を驚かせる力など、とてもではないが、得られる訳もない。佐助はそう言いつつ、饅頭が入った木鉢から、小鬼達をひょいひょいと引きはがしていった。

「あら、じゃあどうして侍達は、現れたのかしら」

おしろが顔を向けたが、金次は答えをまだ言わない。長崎屋の面々は、己の考えを並べ始めた。

「この場久は、世の中を見ていますからね。つまり面白くないことでも、それが事実ってことがあると知ってます」

今回侍達は、本当に偶然の出来事、なんの巡り合わせか、たまたま三人と行き会ったのではないか。獏である妖は、そう口にした。

「きゅい、本当だ。面白くない」

「鳴家、だから面白いかどうかで決めちゃ、駄目なんだってば」

「金次、侍の仲間が、大勢いるという考えはどうだ？　追っ手はあちこちにいる仲間から、金次達がどこへ向かったか聞き、後をたどってきたのだろう」

佐助の言葉に、多くの妖達が、それだと言った。ただ若だんなと仁吉、それに寛朝が頷かなかったものだから、金次が嬉しげに目を細めた。

仁吉があっさり、相棒の言葉を葬り去る。

「落ち武者が、それほど多く集まっていたなら、そもそも貧乏な村の山に、居座ったりはしなかったろう。国盗りの戦をしていた頃だし、数は力だ。頭を立て、どこかの領主に召し抱えてくれと売り込んでいた筈だ」

そう出来ないでいたということは、追っ手の侍は、貧乏な村にたかるほどしか力がないことになる。

「なのに、どうやってついてきたか、だが」

ここで仁吉が若だんなへ、分かりますかと言い、目を向ける。若だんなは寛朝を見てから頷くと、金次達三人がどこへ向かったかは、その三人しか知らなかったと話した。

「つまり三人の内の誰かが知らせたから、侍が跡をたどって来たんだと思う。で、誰がそんな馬鹿をしたか、だけど」

若長たち命の恩人に対し、そんなことをする金次ではない。若長は村の明日のため、命がけで北の大寺へ向かっているところで、侍を呼ぶどうりがない。

つまり。

「どんな訳があるのか知れないけど、侍達を呼んだのは、岩六という村のお人だと思う」

聞いていた金次が、口が裂けそうなほどの笑みを浮かべ、また続きを語り出した。


大通りを避け、別の道へ逸れた三人は、夜、人のいないお堂を見つけて潜り込んだ。その後金次は月下、用足しに出た岩六を、外で捕まえた。骨が浮き出た見かけからは、考えられない力で胸ぐらを摑むと、岩六を近くの木の陰へ連れ込み、辺りが冷え込むような笑みを向けたのだ。

「お前さんがあの侍達に、あたしらのことを知らせたんだよね。そういう者がいなきゃ、あいつらがこうも上手く、跡をついては来られなかったろう」

岩六は最初しらを切った。だが金次が意外と力強く、逃げられないことを知ると、今度はあっさり、己が何をやったか認めたのだ。

そして岩六はそれ以外にも、とんでもないことを言い出した。

「金次さんや、おれはこうして、本当のことを話したんだ。だからこの先、お前さんには味方になってもらうよ」

「は？　岩六、お前、気は確かか？」

どこの世に、裏切り者に味方する奴がいるのかと言い捨てた。そもそも埋まっていた金次を救ってくれたのは、岩六ではなく、若長の方であったのだ。

「お前さんは山崩れの場で、あたしなんぞ見捨てて、早く先に行こうと言ってたよな。その上若長を裏切って、自分の村まで見捨てるのか。なぜだ？」

金次が問うと、岩六がにらんできた。

「いけないかい？　だが、おれは正気だ」

自分には、勝手をせねばならない訳があるという。

「妹が、村近くの山へ来た侍達にさらわれた。嫁入り先も決まってたのに、奪われちまった」

妹以外にも、若い娘達が何人か連れて行かれている。なのに、だ。

「村の連中は、早々に妹達のことを諦めたんだよ。若長だってそうだ。そりゃ、村のために、頑張ってはくれてる。けどな」

もし若長が寺を動かし、領主が本当に落ち武者達を攻めたら、どうなるか。そこを考えてはくれてないのだ。

「さらった女達は、侍の足手まといになる。戦いの前に殺されかねん」

もし死ななくても、侍達が負けたら、路銀を得るため売り飛ばされかねなかった。

「北の大寺へ行くより先に、まず女達を助けてくれ。おれは何度も頼んだんだ」

しかし、そんなゆとりはないと、村の者達に、相手にしてもらえなかった。

「救える力があるっていうなら、お前がやってみろと言われたさ」

村にある武器は刀くらいだが、男の数にも足りなかった。対して落ち武者達は刀だけでなく、結構な数の鉄砲を持っている。相手は侍で、合戦に慣れてもいる。そんな相手から、どうやっておなご達を取り返すのかと問われ、岩六はとっさに言葉を返せなかった。

村人達はそれきり、おなご達の話をしなくなってしまったのだ。

「でも……おれは妹を、諦めねえ」

自分が諦めたら、二度と妹は村へ帰れなくなる。よってしつこく、何年でも、取り返すことを考え続ける。岩六はそう決めたのだ。

「だからおれは、若長が北の大寺へ行くと決めたとき、侍達へそいつを教えた」

北の大寺が村の味方に付き、領主に攻められれば、侍達は今度こそ死ぬかもしれない。

「早めにおなご達を村へ返し、逃げろ。そう言ったのさ」

すると侍達は、もし若長の大坂行きを失敗させたら、妹を返してやると、岩六へ文を送ってきたのだ。

「おれは承知した。そんなことをして侍が居座れば、冬、村の皆が飢えるかもしれないって？　知らん。村の者は、妹を守っちゃくれない。妹は、おれだけが頼りなんだ」

だから岩六はこっそり、北の大寺へも文を出した。山にこもる落ち武者達の数を、大げさに多く言い、凶悪だと伝えてある。

「寺がうんざりして、腰が引けるようにしたわけさ」

全ては妹のためだ。今回、若長についてきたのは、企みが上手くいったか、確かめるためであった。

「おれ達が、いつ、どこを通って北の大寺へ行くか、落ち武者達に伝えてある。跡をついてきている侍は、本当におれが知らせたようにやるのか、見張ってる奴だろう」

思い切り極悪と、言いたければ言え。岩六は開き直っている。それから、人相が悪くなるような笑いを浮かべた。

「金次さん、旅の連れに、あんたが加わってきたことは、考えの外だったよ」

あげく金次に、謀を知られてしまった。ただ金次は岩六の行いを、若長に黙っているしかないという。

「だってさ、あんたが山で魚を購った村人とか、その後で話してた筏師とか、ありゃ、何なんだ。どういう連中なんだ？」

口元を歪ませて言う。

「あいつら、人なのか？　着物の下から、尻尾のようなもんが見えてたぞ」

それに尻尾が生えた者達は、魚を盗られそうだからと、侍相手に怖じけず怒っていた。今思えば、思い切り奇妙な話だった。

となると、そんな連中と顔見知りの金次も、大いに怪しい。

「金次さんには、おれの味方をしてもらうよ。さもないと、妖だと若長にばらすぞ」

言われて、金次は大きく目を見開いた。

「ほお、あたしを脅しているのかい。こりゃ、驚いたね」

貧乏神を恐れず、脅してくる者達は、多くはない。それが出来るのは、失う財も人も、故郷すらない者に限られるからだ。たとえ金次が何者か確かに知らずとも、大概の者は、側に寄るだけで腰が引ける。貧乏神とはそういう者であった。

だが。

（なるほど、こいつは、とっくに失っちまってる妹以外、なくすものがないんだね）

ならば貧乏神は、今の岩六に手を出せない。金次は久方ぶりに手強い相手を見つけ、一帯に寒さを引き寄せるほどの、静かな笑みを浮かべた。

6

翌日は、どんよりと曇った日で、金次達は侍と行き会わないか用心しつつ、北の大寺へ向かった。なぜだか皆、黙りがちであったので、金次は気に掛かっていたことを、若長に問うてみたのだ。

「なあ若長、あたしは前にどこかで、お前さんと会ったことが、あったっけ?」

「いいや。金次さんとは、山崩れから掘り出したとき、初めて会ったが。おれは村で生まれて、村で育った。余所のお人とは、滅多に会わないから確かだ」

「そう……そうだよなぁ」

首を傾げる金次に、横から岩六が目をむけている。金次は昨夜岩六に、敵に回るとも、味方になるとも言っていなかった。

考えてみれば、筏師に尻尾があったと岩六が言っても、それを信じる者がいるとも思えない。だから岩六の脅しは、大して心配してはいなかった。

(なら、岩六が妹のために村を裏切っていると、若長へ教えればいいんだが。ただなぁ)

しかし岩六の裏切りとて、証(あかし)があるわけではない。互いの言葉がぶつかった時、若長が、同じ村で生まれた岩六の方を信じても、不思議ではなかった。金次は知り合ったばかりのよそ者なのだ。

(だからかね、岩六の奴、何食わぬ顔で一緒に歩んでやがる)

ただ金次としては、このまま穏便に、全てを終わらせる気はさっぱりない。ことは既に、村と侍のもめ事から、貧乏神が脅されたという怖い話へ、大きく振れていたからだ。

(なめられっぱなしじゃ、この先貧乏神として、人を貧乏へ突き落としにくくなるしな)

それにと、貧乏神は空へ目を向けた。

(岩六よぉ、妹のことで、どんなにご立派な言い訳を口にしたって、駄目だよ。お前さんは妹を取り戻すために、自分の命は賭けず、村の皆の明日を差し出した。天に向かって、毒を吐いちまったんだ)

そういう毒は、空一面に広がるようでいて、実は天へ届きはしない。じきに真っ直ぐ、自分の顔に落ちてくる。己が吐き出した悪意は、やがて己で受けることになるのだ。

(なぜだろうね。昔から、必ずそうなる。この金次より怖い話だと思うよ)

とにかく三人は、その後話をする者もいないまま、北の大寺へ向け進んでいった。寺は大坂の北の地、繁華な町からは大分離れた辺りにあると、若長がいう。

すると。寺が近くなったころ、金次が真っ先に足を止めた。

「今、聞こえた音。ありゃ、鉄砲を撃った音じゃないか?」

しかも、一発や二発ではない。猟師が獲物を追っているのとは、明らかに違った。岩六がつぶやいた。

「あの音、合戦の時の撃ち合いに似てるぞ。道の先から聞こえて来る」

この先には、北の大寺があるはずであった。若長が二人を見た。

「このまま進んじゃ、拙そうだ。この辺の村の者を見つけて、何があったか聞こう」

三人は道を逸れ、小山の麓辺りに見つけた大きな百姓屋へ駆けていった。だが、立派な厩にも、母屋にも、不思議なほど人がいない。裏手で、山へ上る道を見つけて進んでみると、上の方に小さな神社があって、そこへ村の者が集まっていた。

若長が大きく手を振り挨拶をすると、身構えていた者達が、ほっと息をつくのが分かる。

「皆で家を空けるとは、何があったんだ？　おれ達は、田舎の村にある寺の本山、北の大寺へ行こうとしてるところだが」

問うと、慌てた声が返ってくる。

「今、寺へ行ったらあかん。えらいことが起きたんや」

「今朝方急に、侍が大寺へ押し寄せてきて」

「寺の御坊方と揉めたそうな。気がついたら、戦になっとった」

「けんど……この辺りが戦になるって、変やんか。そんな噂もなかったんに」

「襲って来たんは、一体誰なんや？」

見たこともない侍達で、皆、腰に赤い布きれをなびかせていたと、村人達が言う。それを聞いて、現れたのが何者なのか、金次達には分かった。

「赤い布きれとは……若長、お前さんところの山を奪った侍達も、似た格好をしていなかったっけ？」

横で岩六が頷くと、下にある大きな屋根の連なりへ目を向ける。山からは、北の大寺の一部が、木の向こうに見えていた。

「何であいつらが……北の大寺と揉めてるんだ？」

金次は口元を歪めた。

（もしや岩六が、侍達のことを凶悪だと伝えたせいかね？）

若長の村を寺が庇うかどうか、侍は先回りして、確かめに行ったのではないか。そして寺と、盛大にぶつかったわけだ。

「あいつらって……鉄砲撃っとる侍のこと、知っとんのか。何で知っとんのや？」

途端、目つきが厳しくなった村人達へ、金次が重々しく事情を告げた。

「この若長の村も、赤い布きれを付けた侍達に、襲われたのさ。で、助けてもらえないかと、北の大寺へ泣きつきに来たところだ」

何しろ、若長達から年貢を取り上げてゆく領主ときたら、ちっとも当てにならない、へっぴり腰なのだ。金次がため息をつくと、幾つもの顔が和らいだ。

「なんや、あの侍達ときたら、あちこちで暴れとったんかいな」

小さな神社に集まっていた者達の内、男どもの顔つきは厳しかった。

「ここいらの者は、北の大寺の檀家やから。いざとなったら、寺の僧兵と一緒に戦う気やけどな」

今回、男達が寺へ集うことも出来ずにいるのは、侍側が持つ鉄砲が、思いの外、多かったからだ。

「一体、どっから持ってきたんか知らんが、大名の旗印も掲げておらんのに、ようけ持っとる。

危のうて、寺へ寄れんのや」

　あんなに盛大に鉄砲を撃たれては、多分、僧兵も苦戦しているに違いない。この村の者達は、先ほどから気をもんでいるという。金次が頷いた。

「あいつら、落ち武者の集まりだからな。銃は元の主のところから持ち逃げしたり、死んだ奴から盗ったんだろう」

　金次は、もう少し高いところから寺を見たいと、山を登っていった。すると若長も岩六も、跡をついてくる。

　小さな神社へ声が届かないところまで来ると、若長が不意に、横の岩六へ声をかけた。

「岩六、妹が心配なら、何とか理由を付けて、もっと北の大寺へ近づいてみるか？」

「は？　若長、何を……」

「うちの村に来てた侍達が、北の大寺へ戦を仕掛けたなら、全員で来てるはずだ。あいつら、仲間や銃を分けても大寺と戦えるほど、大勢じゃあなかった」

　ならば岩六の妹は、こちらへ連れてこられているかもしれない。若長は大きな木の側から、真っ直ぐに岩六を見る。

「妹のために、北の大寺行きを、侍達に知らせたんだろ？　なら無茶を承知で今、探しに行くしかないと思うがね」

　岩六は呆然とし、声もない。金次がぐっと、片眉を引き上げた。

「おや若長。岩六が妹のため、一緒に旅をしてること、承知してたのかい？」

　最初から、分かって旅に出たのかと金次が問うと、若長は首を横に振った。

「昨日、二人がお堂から出て行ったきり、帰ってこないからさ。おれも表へ出たんだ」

そうしたら、思いも掛けない話が、あれこれ耳へ飛び込んできたというわけだ。

「岩六の妹のことは……済まないと、ずっと思ってたよ。村の皆もそうだ」

他にも身内を奪われた者は、何人もいる。取り返せないことが情けない。己をふがいなく思う。歯ぎしりをしている者は、多かったのだ。

「それでも、だ。武器も満足にないまま戦に打って出て、残っている女子供全員を巻き込む腹は、決められなかった」

岩六は言葉もなく、ただ、己の足下へ目を向けている。ここで若長はふっと、金次を見てきた。

「そういえば昨日、面白いことも聞いたな。金次さん、あんた、尻尾があるのかい？」

「うんにゃ、尾はないねえ」

まさかあの話を聞かれたとは思っておらず、金次は苦笑を浮かべるしかなかった。

「もし、だよ。あたしが人ならぬ者だと言ったら、どうするかな？」

今、ここから逃げ出すかなと問うと、若長は一瞬、目を見開く。そしてにこりと笑うと、懐から例の宝玉を取り出し、曇天の下にかざした。

蒼い石は曇り空の下でも、星のような筋を、美しく浮き上がらせている。若長は笑みを浮かべつつ、はっきり言った。

「金次さんは、明日へ繋がる望みを、うちの村にくれたお人じゃないか。尻尾があっても、おれは構わないよ」

北の大寺は今、余所を助けるどころではなく、この先若長の村がどうなるか、益々分からなくなった。

「けど、ことを終えられたら、うちの村に来て欲しいって思いも変わらない。金次さん、気に入ったらずっと、いればいいさ」

「……そうか。そんなことを言われたのは、初めてだな」

何だか胸に迫ってくるものがあったが、金次としては初めて感じる気持ちで、口に出し、語ることなど出来なかった。

目を向けると、宝玉の星がひょいと動いて、金次を見てきた気がした。長く大事にされてきたお宝ものの石は、そろそろ付喪神に、なりかけているのかもしれない。

(けど若長なら、こいつが付喪神になっていても驚かないか。うん、きっとそうだな)

「蒼玉、あたしの話聞こえてるか?」

そう声を掛けると、宝玉の星が、またくるりと動いて輝き、それを見た若長が、目を見張っている。金次は山の上で、何だか不意に笑えてきた。昨日はむっとしたのに、もう岩六のことすら、腹を立てていない。

金次はここで、ひょいひょいと木に登ると、遠くの堂宇へ目を向けた。今も、鉄砲を撃つ音が聞こえてくる。

「さて、どうしようか。思い切り気晴らしをしたいねえ」

山崩れに埋まったことや、あろうことか、人から脅されたこと、そういううんざりした気持ちを全て晴らせるような、貧乏神の振る舞いとは何か。

人に土の内から掘り出してもらい、何者でも構わないから、側で暮らせと言ってもらった。長く長く生きてきて、初めて貰った言葉に、自分でも驚くほど戸惑い、うろたえた。

そんな思いを抱えた貧乏神は、大坂の北の地に、何をもたらすべきか。

「ひゃひゃひゃひゃっ、そうだねえ」

金次は木の枝の上にひょいと立つと、にたりと大きく笑った。

7

すると。

「おっ……？」

いくらもしないうちに、若長や岩六が、ぶるりと身を震わせたのだ。

「何だ？　急に、寒くなってきた」

曇天の下、寒さが霧を呼んだのか、辺りに白いものが満ちてくる。更に雲ゆきまで怪しくなってきて、じき、霧雨が辺りを濡らしてゆく。

「うわっ、寒いぞ」

若長が震えだしたとき、神社の方からも、村人達の声が聞こえてくる。ただしそちらは、突然の雨や寒さを、嫌がっている声ではなかった。

「霧が出た。こんなら銃に狙われん。大寺へゆけるわ」

「男はみな、寺へ行くぞ。残った者は、しっかり隠れとりや」

「分かったわ。死ぬんやないで」

霧の向こうを、幾つもの影が動いてゆく。気がつくといつの間にか、山へ聞こえてきていた銃声が止んでいた。

「ひゃひゃっ、火縄銃は、火縄の火が消えると、使い物にならねえからなぁ。いや、急に霧が出て、雨になって、侍達は災難、災難」

からからと笑った後、金次はすっきりとした顔で、木から降りた。岩六が北の大寺内のようすを気にするので、三人で寺へ近づいてみる。そして。

寺の手前までゆくと、門前の争いが目に飛び込んできたのだ。門は大きく開け放たれ、そこに大勢が入り乱れて、戦いになっていた。命を賭けたぶつかり合いが、繰り広げられていた。

「あ、あれ?」

隣で岩六が身を震わせつつ、驚きの声をもらした。腰に、赤い布きれをなびかせた一団が構えているのは、鉄砲ではなく刀であった。使えない鉄砲を持っている余裕は、もうないように思えた。

一方僧兵達とて、腰に刀を差してはいたが、誰もそれを構えてはいなかった。僧兵達は代わりとして一間半、人の背よりも遥かに長い竹を手にしている。

「おお、ありゃ、怖い武器だな」

「竹が、武器?」

金次の声に、若長が首を傾げたそのとき、僧兵の一人が思い切り竹を振り、刀を構えていた侍の胴へ打ち付けた。腹当てを付けていたが体ごと吹っ飛び、侍は起き上がれなくなった。

「えっ、切られたわけじゃないのに、どうして……」

岩六が目を見開く。金次が口の端を引き上げた。

「腹当ての下で、骨が折れたんだろうよ。あれじゃもう、戦えまい」

鉄砲が使えない今、明らかに侍達が押されていた。僧兵に竹を構えられると、刀の方がぐっと短いから、相手に届かない。僧兵達は竹を振り、侍達を叩きのめしていった。

「こりゃ凄い。こんな戦い方があったんだ」

村にも竹は生えているのに、使っていなかったと、若長と岩六が目を見合わせている。金次が釘を刺した。

「二人とも、忘れるなよ。竹じゃ、鉄砲には敵わねえ」

今日はたまたま、火縄がしけって使い物にならないから、こういう戦い方になっているのだ。言われた若長は頷いたが、しかし、食い入るように僧兵達を見続ける。

「でもさ、火縄銃が使えないのは、雨の日ばかりじゃないしな。夜、相手がよく見えなけりゃ、鉄砲は当たらないだろう」

しかし竹は、夜でも振り回すことが出来る。

「竹を手に、夜に紛れて、しつこく落ち武者達のいる山を、襲えば良かったんだ。おれ達の方が、ずっと人数が多い。きっと、襲われ続けることに嫌気がさして、奴らは村から出て行ったと思う」

若長も岩六も、拳を握りしめている。

その内侍達は、門の前からじりじりと後ろへ引き始め、やがて逃げにかかった。一旦引くだけか、それとも寺攻めを諦めたのか、後は命が大事だとばかりに、遁走にかかったのだ。

ところが。その逃げ道を、竹を手にした新たな一団が塞いだ。手に手に、竹を持っていた。

「おっ、山の神社にいた男達か」

金次達が見つめる先で、男達はまるで若長達へ、侍との戦い方を示すかのように、見事に竹を振っている。侍達は横手へと逃れたが、驚くことにそちらにも、別の一団が湧いて出た。その横にも、別のところにも、どこぞの村人らしい面々が、竹を手に現れる。

そして逃げそびれている侍達の背後に、僧兵達が迫ってきた。

「勝負あったな」

金次がそう言った時、最後の大きな戦いが起こり、ときの声と悲鳴が辺りを埋めていった。そしてやがて……合戦は消えていた。気がつけば門前は、残党狩りを行う場と化していたのだ。

「やった！　うちの村にいた奴らは、全滅したか？　これでもう、大丈夫なのか？」

思わぬ形で勝負がついたわけで、若長と岩六は、大きく息を吐いている。

「確かめておかなきゃな。ああ、幸運だった」

二人は待ちきれないのか、そろそろと北の大寺へ近寄っていく。

「おいっ、まだ寄るな。どこに侍達の生き残りが隠れてるか、分からんぞ」

金次が慌てて止めたが、岩六は妹を探したいと、山から下りるのを止めない。若長が慌てて追い、金次が阿呆と言いつつ後に続く。

すると。

「ひゃああっ」

奇妙に甲高い声がして、金次は一瞬、下っていた足を止めた。

「岩六、どうした？」

声を掛けた時には、顔が引きつっていた。

山へ逃げ込んでいたらしい侍と岩六が、まともに鉢合わせしたのだ。互いに手が届くほどの近さで、岩六も侍も顔を引きつらせている。

「逃げろっ、構うなっ」

慌てて怒鳴ったのに、岩六ときたら、その侍に組み付いてしまった。そして必死に、妹のことを聞き始めた。

「村のおなご達はどうした。山へ置いてきたのか？　それとも売る気で、連れてきてるのか？」

「岩六、止めろっ。ここでそれを聞いて、確かなことが分かるものか」

侍達から話を聞きたいなら、とにかく捕まえておけと言い、若長が駆け寄っていく。

その時。

パンッ……と、思わぬ音がしたのだ。

（あれ？　この霧雨で、銃は使えなかったんじゃないのか？）

金次は信じられない思いで、辺りを見回した。すると寺門の近くで、銃を構えた侍が一人、撃った格好のまま立ちすくんでいた。この雨の中、何とか火種を消さずにいた者がいたのだ。

そして。

目の前にいた若長が、なぜだかゆっくりと倒れてゆく。どうして倒れてしまうのか、金次にはなんとしても分からなかった。

「若長っ」

必死に駆け寄った。とんでもないことに、首の辺りから血が吹き出ていた。一目で、もう助からないだろうと分かった。

「なんで若長が、撃たれたんだ？　合戦はもう、片が付いてるのに……」

その時、がこっと鈍い音が聞こえ、鉄砲を持っていた男が、僧兵に打ち倒されるのが目に入った。討たれたのがわずかに遅かったから、若長が道連れになってしまった。

「て、寺へ行こう。手当をしてもらおう。寺なら、薬もきっとある。ああ、助かるさ」

それでも必死に言うと、若長の声が聞こえてきた。声が奇妙に変わっていた。

「参ったな、村へ来てもらう気だったのに」

ちゃんと金次を、もてなすつもりでいたのに。段々声が小さくなっていく若長に、金次は何度も頷き、約束した。

「ああ、きっとお前さんのところへ行く。長く世話になる。だから」

頑張れと言っている間に、答えが聞こえなくなった。岩六と一緒に寺へ運んだが、しかし手当をして貰う間もなく、若長はあの世へ去ってしまった。

命の恩人を、金次は目の前で失うことになったのだ。

気がついた時合戦は、既に終わっていた。

8

金次は直歳寮の部屋で、合戦後の始末がどうなったのか、若だんなや皆へ口にした。

「亡くなった若長は、そのまま北の大寺の隅に葬られると聞いた。村は遠い。岩六が一人で、亡骸を運ぶ訳にもいかんからな」

生き残った侍達の話から、岩六の妹達は、既に売られた後だと分かった。岩六は、若長の形見を村へ届け、竹での戦い方を伝えてから、自分一人でも捜し続けると言っていた。その後どうなったか、金次は知らない。

「若長の村から、流れ者達はいなくなったようだ」

当時は誰にも分からないことだったが、どのみち、少しすれば天下は一つになり、戦は起こらなくなったのだ。若長が身罷ったのは、剣呑な最後の時であった。

「そういえばこの蒼玉のことを、若長が亡くなったとき、ころりと忘れていたな。てっきり遺体と一緒に、葬られたと思ってた」

こうして無事でいるということは、妹達を助けにゆきたい岩六が、路銀を作るため、手にしたのだろうか。それとも北の大寺に落ちていたのを、僧が拾ったのか。

ただ、一つだけ分からないことがあると言い、金次は星のような光をたたえる宝玉へ問う。

「蒼玉、あたしはお前さんを、若長へ渡した。だからきっと、どれ程かかろうと、若長のところへ戻ると思ってたんだが。たとえば若長の墓がある、北の大寺へ行くとか、さ」

妖であれば己の考えも持つだろうし、時を掛ければ、行き先も選べるのではないか。それが何で、江戸にある広徳寺の直歳寮へ来たのかと、金次は大真面目な顔で、美しい宝玉へ問いを向けたのだ。

若だんなや寛朝、それに妖達は、目を見張りつつ、蒼い玉を見つめた。

すると。

蒼玉は、寺の床をころりと転がり、若だんなの方へ近づいた。そして、とんと膝に当たると、明るい声でまた言った。

「若……」

「えっ？」

直歳寮にいた面々が、寸の間声を失った。そしてしばらくの後、万物を知るという白沢、仁吉が最初に口を開いた。玉へ目を向け、笑い出している。

「そうか。若だんなは、今回江戸に生まれるかなり前、上方の村で暮らしていたんですよ」

「きゅい、上方？」

「あ……二百何十年か前、若だんなは若長だったってことか？」

齢千年を超える佐助が、そう口にする。生まれる前の前……何回も姿を変える前の話だろう。金次が目を皿のように見開くと、ここで寛朝が、おおと言って手を打った。

「なるほど、それで貧乏神の金次が、今、長崎屋に居着いているわけだな。ずっと店を貧乏にもせず、のんびりしておるから、何か訳があるのだろうと思っておったが」

昔からの約束であったかと寛朝が笑うと、言われた金次の方が、びっくり仰天している。

「あ……若長は後の世で、若だんなに生まれ変わる奴だったのか。それであたしはずっと、妙に懐かしかったのか？　でも順番が逆さまだぞ。不思議な話だ」

若だんなは笑い、蒼玉を拾うと、手の中で転がした。宝玉は星のような筋を煌めかせて、明るく輝いている。

「私は前世の、その又前世のずっと前を、覚えていないんだ。けれど」

縁があって来た者なら、長崎屋が引き取るのがいいだろうと、若だんなが優しく言う。すると金次が、米相場で摑んだ金の残りを、紙入れごと寛朝へ渡したので、蒼玉は長崎屋へ来ることに決まった。

紙入れには、蒼玉の持ち主へ約束した金より、大分多めにはいっていたらしい。よって、残りは親を亡くした子供らへ、着物を買うのに使うと、高僧は勝手に決めている。

「あい、あい」

蒼玉が返答をし、金次がにやりと笑った。そして長崎屋の面々はやっと落ち着いて、宴会の用意をすることになったのだ。

ほかほかと、鍋が湯気を上げ始めた。

ひと月半

1

「きゅんわーっ。お菓子がないよぅ」

「きゅい、きゅい、若だんなもいないよぅ」

長崎屋の離れでは、最近、なんとも退屈げな声が聞こえていた。

江戸の通町にある長崎屋は、先代の妻おぎんが妖であったため、人ならぬ者と縁が深い。それゆえ離れには毎日、小鬼や付喪神達が集っているのだ。

ところが。先月、体の弱いことで有名な若だんなが調子を崩し、またまた寝込んでしまった。兄やである仁吉の薬で床は払ったものの、その後もすっきりしない。よって今回兄や達は、一つの決断をした。それで妖達は、退屈とつきあうことになったのだ。

「若だんなが箱根へ行ってから、もう一月半は過ぎてるよねえ」

屏風のぞきが、離れの畳に寝転んだまま、そろそろ帰ってもいいのにとつぶやく。若だんなは兄や二人に連れられ、湯治のため西へ行っているのだ。

すると以前知り合った山神の娘御から歓迎され、今回若だんなは、じっくり体を癒やすことになった。つまり長崎屋を留守にし、長く帰っていないのだ。

長崎屋に巣くう妖達は、愚痴を重ねるようになった。

「きゅい、若だんながいない。大福もない」

「若だんなが置いていって下さったお金、さっさと使い切ったのは、拙かったかしら」

裏の一軒家に住んでいる猫又のおしろが、ちょいと首を傾げた。留守にしている間は、誰もいないはずの離れへ、お菓子が届けられるはずもない。よって若だんなは妖達へ、結構な額の小遣いを置いていったのだ。

すると妖達は若だんなに感謝し、ちゃんと気を利かせた。その金でさっそく飲み食いし、騒ぐことにしたが、人気のないはずの離れは使わなかったのだ。

貧乏神の金次や悪夢を食べる獏の場久、おしろが住んでいる一軒家に集まり、三日続けて朝まで飲み食いをした。金はその三日で、すっかり無くなってしまった。

「きゅいっ、宴会、美味しかった」

「金次さんはその後、上方へ消えてしまいましたね。暇だから、どこかで人を貧乏にしてくるって言って」

ついでに、途中で若だんなに行き会ったら、早めに戻ってやれと、伝えてくれるらしい。しかし貧乏神は、いつも大坂行きの舟にもぐりこむ。わざわざ歩いて東海道を下り、箱根へ寄るとは思えなかった。

「……きゅべ、きっと金次、一時で約束、忘れたんだ」

そうでなければ、若だんなはとっくに長崎屋へ、帰っているはずなのだ。

「そうですねえ。でも金次さんは、気楽にあちこち行けて、うらやましいですねえ」

元から長崎屋に巣くっている小鬼の鳴家(やなり)達や、屛風の付喪神である屛風のぞきは、そうそう余所(よそ)へ行くことはできない。三味線を教えているおしろや、噺家として寄席に出ている場久も、家から離れるのは無理であった。

しかし若だんながおらず、菓子や酒もないとなると、たまに顔を見せていた妖らが、何故だか姿を見せない。よって、面白い噂話すら伝わってこなかった。

「己(おのれ)の身代わりを、怖い場所に縛り付ける、嫌な妖が生まれたとの噂を聞きましたよ」

長崎屋に寄った、天狗(てんぐ)の黒羽坊(くろはぼう)が教えてくれたが、出会った妖はおらず、ほら話かもしれなかった。

「近くの堀川で舟がひっくり返り、船頭が溺れたと聞きました」

おしろの猫又仲間、小丸(こまる)からの又聞きも怪しかった。そもそも土左衛門を見なかった。船頭は無事、助かったのだろう。

「ああ、ひたすらのんびりしてるね」

離れでは屛風のぞきの横の畳で、おしろや場久、鳴家達までが、するめのように伸び、ただ暇を持てあましていた。

「ああ、お酒と若だんなが恋しい」

お願いだから、この恐ろしく暇な日々だけでも、なんとかならないものか。暇で暇で、畳になってしまいそうだと、妖達は真剣に悩んだ。

すると。

ある昼下がり、離れの側にある木戸から、何故だか声が幾つも聞こえてきたのだ。

「あら、若だんなが留守だって知らない、振り売りでも来たのかしら。それとももしかして、本当に若だんなが帰ってきたのかな」

おしろは身軽に立ち上がり、様子を見に行った。そして他の妖達が驚くほど早く、離れへ駆け戻ってきたのだ。

見ればおしろの背後から、見たこともない三人の男達が、離れへ近寄ってきた。


「おれは黒次郎（くろじろう）といいます。ええ、今名乗った通り死神です。長崎屋の離れでそう言っても、驚かれないとは思いますが」

三人の内、背が高く若く、墨染めの衣を着ていた男が、まずそう話してきた。

「隣のあたしは、白三郎（しろさぶろう）って言います。あら皆さん、暇そうですね」

二人目は名前のように、白っぽい浴衣のような着物を羽織っていて、なんとも柔らかく話す男であった。驚いたことに、己も死神だという。

三人目は小豆色の着物を着た、がっしりとした男であった。

「最後のわしも、死神だ。紅四郎（こうしろう）という。おや、色の名が揃ったな」

三人は、たまたま長崎屋の裏手にある橋で、出会ったという。話している内、揃って死神だと知ると、互いに魂消（たまげ）たらしい。共に用があるので、おしろと共に、長崎屋へ入ってきたというのだ。

屏風のぞきが、さっと顔をしかめる。

「ありゃ、別格に強い佐助（さすけ）さんや仁吉さんが離れにいないと、妙な者が来ちまうんだな」

しかし今、しょっちゅう死にかけている若だんなは、長崎屋にいない。

「死神が来たって、あの世へ連れてゆける者はいないよ。若だんなは湯治に行ってるんだ」

屏風のぞきは起きる気にもなれないのか、するめのように平たくなったまま、三人へそう告げる。

途端、死神達はちらりと互いを見た。そしてその後、まずは一番押し出しが良さそうな紅四郎が、話を継いだ。

「若だんなが今日、この離れにいないことは、承知だ。なぜなら、だ」

ここで紅四郎は、にやりと笑った。

「この紅四郎が、その若だんななのだからな。実は三日前、若だんなは突然の山崩れに巻き込まれて死んだのだ」

「えっ……は？　誰が死んだって？」

「きゅわわわっ？　若だんなが死んだ？」

「うん、気の毒なことであったと……自分へ言うのは、妙だな」

「じ、自分、とは？」

屏風のぞきの言葉に、紅四郎は大きく頷いた。

「若だんなは齢（よわい）三千年の大妖（たいよう）、おぎん様の血を引く者だった。だから死んだときも、並とは違うことになったんだ」

つまり若だんなは、死んで直ぐ、早々に生まれ変わったのだという。

「……」

「しかし次の世の姿が、死神だったのには驚いたな。しかも己がどこの誰であったのか、わしは覚えていたのだ」

それでとにかく一度、長崎屋へ帰っておこうと思い立ち、若だんなは……というより、紅四郎は、長崎屋の離れへ来たという。

長崎屋の面々の顔は、引きつった。

「お前さんが……生まれ変わった若だんなだっていうのかい？」

離れから、のんびりとした昼下がりが吹っ飛んでしまった。小鬼達も妖達も起き上がると、ただ紅四郎を見つめる。

「次の生を享けたからって、若だんながなんで……そこいらにいる、おじさんのような男になっちまうんだ？」

屛風のぞきが、呆然としつつ言った。横でおしろが、死んで生まれ変わったばかりの者が、なぜ早、おじさんになるんだと、妙なところに引っかかっている。

「わしは死神なんだ。人に見せている姿は、仮のもの。狐や狸が化けた姿のようなものだな」

どんな見てくれでも構わんだろうと、死神はあっさり言う。

「妖であれば、分かっておるだろうに」

言われればその通りだが、さりとて、しばし前に若だんなと離れたばかりの面々だから、納得いくものではない。

そして。

妙な話は、それだけで終わらなかった。離れには死神が三人現れており、ここで他の二人が紅四郎に、文句を言い始めたのだ。話はさらに、ややこしくなっていった。

「済みません、紅四郎さん、ちょいと待って下さい。あの、若だんなの生まれ変わりである死神は、この黒次郎です。あなたじゃありませんよ」

「何だぁ？」

紅四郎は、さっと額に青筋を浮かべると、若い顔の黒次郎をにらみ付ける。

「おめぇ、よう。本物の死神かどうか知らねぇが、この紅四郎に文句を付けるんじゃねぇ。わしは、死神なんだ。てめえを、あの世へ連れて行っちまうぞ」

紅四郎が、そう啖呵を切った途端、横にいた白三郎が、柔らかい笑い声を立てた。

「紅四郎さん、だめだめ。自分も死神だって名乗っている黒次郎さんに、あの世へ連れて行くと言ったって、脅しにゃなりませんよ」

おなごのように、ふふふと艶っぽく笑ってから、白三郎も離れの面々を見てくる。

「あのね、長崎屋の皆さん。また同じことを言われたんじゃ笑うかもしれないけれど。実はこの白三郎こそ、若だんなの生まれ変わりなんですよ」

死神に生まれ変わったから、長くなじんだ長崎屋では、もう暮らせまい。それでわざわざ、別れの挨拶をしにきたという。

「なのに長崎屋へ行こうとしてたら、裏手の橋のところで、この二人と会い、互いに死神だと知ったんです。驚きましたねえ」

「いや驚いているのは、死神さんたちじゃなくって、あたし達だよ」

屏風のぞきは眉をひそめ、三人の死神へ目を向ける。そしてきっぱりと言った。

「若だんなが本当に、箱根で災難に巻き込まれたのかどうか、あたしらには分からないよ。まだ知らせを貰ってないしね」

そして、若だんなが死神に生まれ変われるものなのか、それも分からない。ただ。

「万に一つ、若だんなが本当に死んだとしても、だ。いっぺんに三人の者に、生まれ変わるわけがないんだ」

つまり。

「この三人の内、二人は間違いなく、うそつきなんだよ」

いや三人とも、大嘘をついていることはあり得る。屏風のぞきの言葉を聞いて、場久が離れの縁側で大きく頷いた。

「おお、その通り。屏風のぞきさん、冴えてますね」

「きゅい、うそつき、うそつき」

若だんなが死んだという、とんでもない話から立ち直り始めた妖達が、眉間に皺を寄せ、死神達をにらむ。すると黒次郎は口を尖らせ、離れの妖達を見かえしてきた。

「せっかく人ならぬ者に、生まれ変わったっていうのに、死神だと歓迎されないんですね。皆さん、若だんなとずーっと、一緒にいたいと言ってたじゃありませんか」

ほら、おれは妖達の言ったことを、よく覚えているだろうと言い、黒次郎がほほえんだ。しかし、おしろは笑みを浮かべない。

「そんな話は、この辺の妖達なら、皆、知ってますよ。一軒家に出入りする妖が、増えてますからね」

屏風のぞきが、大きく頷く。

「それに、だ。最近、死神の噂話は時々聞くが、良いもんじゃないんで、用心しなきゃならねぇ。誰が死ぬべきか、いい加減に決める死神がいると聞いたよ。間抜けや、暴れ者もいるんだそうだ」

勝手に押しかけてきた、見知らぬ三人の死神達へ、妖達は厳しい顔つきを向ける。死神達は、頷いた。

「ああ、その噂は聞いてるよ。死神は、きちんと勤めを果たしてるだけだ。なのに、最近それはそれは酷（ひど）い言われ方をしてるんだ」

死神は皆、うんざりしていると言った。

2

「せっかく長崎屋へ帰ってきたのに、歓迎されないな。妖も、あまりいないようだ。ならばさっさと帰ろうか」

紅四郎がそう言い出すと、今度は場久が口を開いた。

「いや、帰っちゃいけません。若だんなを名乗った偽物を、正体も掴まず帰してしまったら、後で兄やさん達から大目玉を食らいます」

それに三人の内に、本物の若だんながいるかどうかも確かめねばならないと、場久は声を低める。鳴家達が死神達の背後や、木戸の辺りに散り、逃げると嚙みつくと言って、がちがちと歯を鳴らした。

鳴家は数が多い。小さいとはいえ、一斉に嚙みつかれるのは、死神でも嫌なのだろう。紅四郎はわざとらしく、ため息をついた。

「いや、酷い扱いだな。わしは御身達の大好きな若だんななんだが」

おしろが首を横に振る。

「簡単には納得しませんよ。だって、あんたたち三人のこと、見たことがないんですもの。あのね、それって妙なんですよ」

若だんなは小さな頃から、驚くほど沢山、死にかかっているのだ。

「つまり死神だってそのたびに、長崎屋へ来てるんです」

だが店には病魔除けとして、信仰を得るほど強い白沢(はくたく)が、仁吉という名で奉公しており、弘法大師が生み出した力強き妖、犬神(いぬがみ)もいる。死神とて強引に、若だんなを連れて行けはしない。長崎屋には良い薬もあったから若だんなは何度も、死の淵から帰ってきているのだ。

よって死神達は長崎屋へ、来ては帰るのを繰り返している。それで死神達の多くは、長崎屋の妖達と顔馴染みとなっていた。

「なのにあたし、どの顔も見たことがない。若だんなが本物の死神になったなら、知り合いの死神が、長崎屋へ連れてくるもんじゃないんですか?」

疑われた紅四郎はふてくされ、横で黒次郎が笑い出した。

「そういえばある死神が、こぼしてましたっけ。若だんなをいつもあの世へ連れていけないものだから、江戸の死神は、隅田川の河童から、馬鹿にされているって」

人を黄泉へいざなえない死神など、ただの役立たずだと、その河童は言ったのだ。

「その話を聞いて、仲間の死神達はかんかんに怒っていました」

黒次郎は笑って話をくくった。

「おめえよぅ、死神になったばかりだってぇのに、河童のことに詳しいな」

「紅四郎さん、おれ、元は若だんななんです。若だんなは関八州の大親分、禰々子河童とも縁があるんですよ」

「むぅ、禰々子河童か……そうだったな」

すると、二人の死神の話を聞いていた長崎屋の面々は、もそもそと話し合い始めた。それから揃って三人の死神達を見ると、こう告げたのだ。

「もし三人の内、誰かが本物の死神で、若だんなの生まれ変わりだって言うんなら、だ。己が本物だってことを、私らに納得させなきゃならないだろ」

若だんなは、長崎屋の妖達にとって、大事な友なのだ。なのに現れた三人の死神の内、二人は間違いなく嘘をついているのだ。屏風のぞきは、顔つきを怖いものにした。

「偽物は許さねえ」

妖らの怒りを目にして、三人の自称死神は、互いを見ることになった。

「さて、どうやったらわしこそが死神で、若だんなの生まれ変わりだと、納得するのかな」

ぼやく死神に向け、場久が横から口を出した。

「三人の方、語って下さい。あたしは噺家をしてるんですがね、隠し事は苦手です。うそをついても、沢山話していくと、たいていの者はぼろが出てしまうんですよ」

作り話は、長くは続かないものだと場久は言う。

「だから皆さん、自分がどうやって死神になったとか、若だんなと兄やさん達のことで、覚えていることとか、話して下さいよ」

若だんなの生まれ変わりであれば、死神になってから、そうは経っていない。話せるはずであった。

「さあ」

三人の死神は、顔を見合わせた。


するとまず、黒次郎が片手をあげた。

「おれは構いませんけど、そういう話で本物の死神かどうか、分かるんですかね？」

黒次郎は首を傾げたあと、死神になったわけを、さっさと語り始める。

「おれは元々、若だんななんだ。だから、つまり、江戸から箱根へ湯治に行ったんだな」

箱根へは以前にも行ったが、あの時は大騒ぎに巻き込まれ、ろくに湯へ入れなかった。

「しかし、今度は大丈夫のはずだ。だってさ、箱根は今、落ち着いてて、カラス天狗だって襲っちゃこないから」

「あら、以前、箱根へ行ったときのことを、黒次郎さんは詳しく知ってるみたいですね」

おしろが目を見開いている。

「ところが、だ。油断してたのが拙かった。山神様へ挨拶に行こうと、芦ノ湖へ向かったんだが。雨が降った後だったんで、そこで若だんな達は、山崩れに巻き込まれたんだ」

元々ひ弱な若だんなだから、土に埋まると、直ぐに亡くなってしまった。

「山に埋まった若だんなのことを、兄や達は今も探しています」

その後、どうして死神に生まれ変わったのかは自分でも分からないと、黒次郎は言い切った。

「順番なのかね。それとも誰かが決めたのかな。決める役目の神様でも、いるのかね」

早死にしたから、元若だんなである黒次郎には、長崎屋の両親や妖達が、気になった。自分を心配していると分かっている。

「だから、真っ先に長崎屋へ戻ってきたのさ。これが、この黒次郎が死神になった事情だ。妖さん方よ、納得したかい？」

話をくくった黒次郎が、期待を込めた目を、妖達に向ける。側にいた二人の死神は、直ぐに深く頷いた。

「まあ死神になるまでの話としちゃ、並かな」

「ええ、この白三郎は、もっとおかしな事情を何度か聞いてます、黒次郎さんの話は、真っ当でしょうねえ」

ところが、納得したのは死神ばかり。妖達は、渋い顔で何度も首を傾げたのだ。

「きゅん、きゅわ、きゅい、何だか変」

最初に口を開いたのは、畳の上に山と集まっていた鳴家達で、その言葉に屛風のぞきも頷く。

「妙な話を聞いたね。でも黒次郎さんは、自分の話のおかしいところに、気がついてないようだ」

「そこが変ですよね。ええ、本物の若だんななら、黒次郎さんみたいなことはしませんよ」

おしろも断言し、最後には妖が揃って、黒次郎は怪しいと言い始める。

「きゅい、黒次郎は偽物。齧(かじ)ってもいい？」

「や、止めてくれ。おれのどこが、偽だって言うんだ。帰っちまうぞ」

死神黒次郎がそう言った途端、木戸と黒次郎の間に陣取る鳴家達が、数を増やした。加勢に場久も、黒次郎の後ろへ回り込んでゆく。

「きゅい、黒次郎は阿呆。若だんなは、阿呆じゃないの。だから違う」

「何で阿呆と言われるんだ？」

「まだ分かりませんか。黒次郎さんは、一緒に箱根へ行った兄や達が、まだ若だんなの亡骸を探してると言いました」

しかし若だんなが生まれ変わっていたら、そんな兄や達を置いて、さっさと江戸へ戻ったりはしない。

「ちゃんと二人に会い、事情を話して、一緒に長崎屋へ戻ってきたはずです。本物の生まれ変わりなら、ね」

ここで屛風のぞきが素早く動いた。懐から手ぬぐいを取り出すと、それを黒次郎の足に上手く引っかけ、思い切り引いたのだ。

自称死神が見事に転ぶと、その体の上へ、数多（あまた）の小鬼達が飛び乗り、がぶがぶ噛み始める。悲鳴を上げた黒次郎を、場久が庭に置いてあったほうきで、思い切り打ち据えた。

「死神なら、やり返してみなさいっ」

しかし黒次郎は甲高い悲鳴を上げ、ただ逃げ回った。そしてじきに、小鬼の攻撃から庇（かば）っていた尻の辺りから見慣れないものが出てきて、皆の目が見開かれる。

黒次郎は、尻から尻尾を生やしていたのだ。

「まあ、ふさふさだわ」

赤茶で、ふんわり暖かそうで、太い尻尾であった。何故だか、どこかで見たような気がすると、場久や小鬼が首を傾げる。

「きゅい、鳴家はこのふさふさ、よく見てる」

ずっと離れにいる小鬼が、よく知っている尻尾。ならばと、妖達が辺りを見回した。

「離れの近くにいて、尻尾がある妖は誰だ？」

おしろは首を横に振る。

「猫又じゃありませんよ。猫はこんな太い尻尾、もってません」

つまり、だから。皆の目が、庭にある小さな稲荷（いなり）神社へと向けられた。

3

小鬼が稲荷神社の屋根へ飛び乗って、ばんばんと叩き、出てきた守狐（もりぎつね）へおしろが事情を話す。

すると沢山の守狐が現れ、次の瞬間、何匹かが黒次郎を取り囲んだのだ。そして、ふさふさの尻尾で黒次郎へ強烈な一撃を食らわせた。

「黒っ、この、馬鹿狐っ！」

「きゅべっ、守狐、黒次郎を知ってる！」

狐たちの先頭で仁王立ちとなり、怒りを目にたたえた守狐は、朱乃（あけの）と名乗った。

「黒次郎、お前はこの母に、化け修行に行くと、言ってなかったっけ？　そして先日、上手く化けられるようになった。だから守狐の皆に、その力を見て貰うと、文（ふみ）を届けてきたんだよね？」

だから朱乃は、かわいい息子が皆の前で見事に化け、褒められるのを、楽しみにしていたのだ。

なのに。

「何で、我ら守狐がお仕えするおたえ様の一人息子、若だんなに化けようとしたの！」

しかも黒次郎の化け方は、ため息がでるほど、お粗末であった。

「お前、その格好のどこが、若だんなだっていうんだい。若いこと以外、全然似てないじゃないか」

朱乃は嘆く。

「上手く化けられなかったから、死神に生まれ変わったと言ったんだろう？　そういう訳だから、若だんなと似ていないのは仕方がないと、誤魔化す気だったんだ」

だがそれだと、そもそも、若だんなに化けた意味がないではないか。

「あ……やっぱり、駄目？」

母の言葉を聞き、黒次郎は情けなさそうに尻をさすっている。朱乃は足でばんばんと、地面を蹴った。

「それに、体が弱い若だんなが、箱根で死んだなんて話、冗談にもなりゃしない」

おたえにこんな話を知られたら、朱乃は申し訳なくて、もう長崎屋に居られないと言い泣き出す。いつもであればこの辺で、若だんなが取りなしに入るのだが、当人は旅に出ている上、死んだとまで言われている。一方妖達は呆然としたまま、場を収めることも出来ないでいた。

するとここで、黒次郎の件にけりをつけようと言い出したのは、何と紅四郎達、死神二人であった。

「とにかく黒次郎さんは、偽死神と分かったようだな。なら早々に引いておくんな」

紅四郎にうんざりした顔で言われると、大柄な守狐が前に出て、水助(みずすけ)と名乗った。そして重々しい顔つきで、妖や自称死神達へ、頭を下げてきたのだ。

「このたびは、守狐の若いのが無茶をしたようで、申し訳ない。おまけに若だんなの名まで巻き込み、お恥ずかしい次第です」

頭を下げる水助の脇で、他の守狐からも叱られた黒次郎は、半泣きになっている。そして近くの橋の辺りで、二人の死神に出会ったのが拙かったのだと、更に言い訳を始めた。

「その、ここにいる死神二人が、自分こそ本物の死神で、長崎屋へ行くんだと、橋の上で言い合ってたんだ」

それで二人と共に長崎屋へ行き、己も死神だと言えばそれで通るかと、黒次郎は思ったらしい。

水助が、うんざりした声を返した。

「黒次郎、これ以上馬鹿を言い続けてると、墓守にしてしまうぞ。この世には、捕らえた者を離

「か、勘弁して下さいようっ」

水助は、己も尾でべしりと一発黒次郎を打った後、この後、守狐たちが責任を持って黒次郎を、説教すると言う。

まあ離れの妖達にしても、頷くしかない。許すと言える若だんなも、許さないとごねるはずの兄や達も、今日は離れにいないからだ。

他の死神は、もう偽物には構わなかった。黒次郎のことは、幕引きと決まったのだ。

ただ、ここで水助はぐっと厳しい顔で死神を見た後、長崎屋の妖達に寄った。そして小声で、白三郎と紅四郎の言い分が、大層気にかかっていると口にしたのだ。

「我らの若だんなが死んだなどと、この守狐は聞いておりません。万一旅先で災難に遭われたなら、死神二人が江戸へ旅してくる前に、箱根から天狗が飛んできてるはずです」

つまり若だんなは無事でいるに違いないと、水助は言うのだ。

「つまり、です。あそこにいる死神二人は、若だんなの生まれ変わりじゃありませんよ」

そもそも、大妖おぎんの血を引いている若だんなであっても、こんなに早く生まれ変わるというのは、妙な話にしか思えない。

「じゃあ、あの二人が言ったことも、嘘なのか？　なら若だんなもいない離れへ、何しに来たんだろう」

屏風のぞきが首を傾げる。

すると妖達が、あれこれ思いつきを語り始めた。守狐も加わると、何故だかまずは黒次郎が、熱く語り出した。

「きっと若だんなの名を使えば、長崎屋へ入れると思ったからじゃないですかね」

若だんなと兄や達が、丁度家を留守にしているからだ。

「うん、なんと冴えた考えなんだ」

黒次郎は、己の言葉に深く頷いたが、それを見た朱乃と水助は、稲荷神社の脇でため息を重ねた。

「黒次郎、長崎屋へ入った後、この二人が何をしたかったのか、そこまで言わないと。その訳も思いついたのかい?」

「へっ?　水助さん、そうなんですか?」

「ああ、やっぱりこの子はどこか、お間抜けだよ。先々、大丈夫なのかしら」

酷く心配だと言い出した朱乃を、水助が慰めている。小鬼や屛風のぞき達が、思わず笑い出したその時、ことがまた動いた。

思いがけないことに長崎屋の庭で、自称死神二人が、二手に分かれた。紅四郎が白三郎の敵方に回ったのだ。

「おい、妖さん達。わしと白三郎さんを、疑ってるみたいだが、まずは白三郎さんを疑うべきだな」

「あれま。同じ死神だっていうのに、そりゃまた、冷たい言葉ですねえ」

白い出で立ちの白三郎が、苦笑と共に言うと、紅四郎は口の端を引き上げ、押し出しの良い顔を、もう一人の自称死神へ向けた。

「そりゃ、仕方がないさ。白三郎さんさぁ、あんた、死神じゃないからな」

何しろ、紅四郎が顔を知らない奴なのだ。

「は？　もうちょっとましな訳を言って下さい」

「今日長崎屋へ来ることは、近くの橋で行き会ったとき、急に決めたことだろ？　黒次郎さんと同じだ」

橋で紅四郎の話を聞いて、ただ真似たのだ。それで死神が、一度に三人も現れたのだろうと、紅四郎は考えていた。

「さて白三郎さんが、この紅四郎を真似、死神に化けた訳は何かな」

紅四郎はさらりと言ったが、その言葉には腹に響くような重さがある。すると白三郎は、目を半眼にして紅四郎を見た。

「あのさ、何であたしが偽物だと、決めつけられなきゃならないんだい？　そりゃ……ああ、白状するよ。実はあたし、紅四郎さんについて長崎屋へきたんだ。そこは、本当なんだがね」

つまり白三郎は、若だんなの生まれ変わりではなかった。

「ではなぜ、そんなことを言ったのか。そりゃ、橋のたもとで紅四郎さんが、そういう話をしたのが酷く気になったから、真似たのさ」

死んだばかりの人が、早くも生まれ変わり、その上、死神になったと話していたのだ。そして若だんなもいない長崎屋の離れへ、行くと言っていた。

「死神が長崎屋へ行く訳は、何なのか。同じ死神として、興味を持っちまったんだよ」

本当の死神であるなら、行くはずもない場所であった。誰かを探しているようにも言っていたが、なかなか死なない妖以外、今の離れにはいない。

「ここにいる皆をたぶらかしているのは、紅四郎さん、あんただろう」

白三郎と紅四郎、二人はにらみ合い、どちらが偽物なのか真実に行き着かない。

「きゅい、どっちもほんとのこと、言ってるみたい」

「あれま、おしろには分かりません」

「屛風のぞき、若だんなだったら、分かったのかね」

「場久さん、そんなこと言われたって」

鳴家達が首を傾げ、おしろは眉尻を下げ……皆で困った。すると、今度は屛風のぞきが案を出してきた。

「じゃあ、こうしよう。二人で、化け比べをしてくれ」

「は？」

「死神は亡くなる人を迎えにゆくとき、人に化けることも多いだろう？　今だって二人とも、人のような見てくれをしてるよな」

だが、黒次郎を見ても分かる通り、狐や狸だとて、化けるのは大変なのだ。

「何度も化けてたら、その内、狐が尻尾を出したみたいに、間抜けをするかもしれない」

屛風のぞきは、だから試せと言ったのだ。

「なぁるほど」

長崎屋の妖達は納得したが、紅四郎と白三郎は戸惑う。

「死神が、何でそんなことをしなけりゃ……」

だが自称死神達は、奇妙な化け比べを断る機会を、突然失ってしまった。何とその時不意に、庭の木戸が開き、入ってきた者がいたからだ。

若だんながいない離れへは、誰も来はしないと思っていた妖達は、一斉に総毛を立てた。

「あ、あら、日限の親分さん、お久しぶり。でも今日は、若だんなはいませんよ」

今の話を聞かれたかと、悲鳴を上げそうになったのを、おしろはぐっと飲み込んだ。それから、近くに住む顔見知りとして、何食わぬ顔を親分の方へ向け、話し始める。

鳴家達は人には見えないから心配ないし、守狐達は素早く人の姿に化けた。屛風のぞきは己の屛風へ避難し……死神二人は、とりあえず人のなりをしていたから、呆然と岡っ引きを見つめることになった。

「若だんなは今は、佐助さんや仁吉さんと一緒に、箱根へ湯治に行ってるんです。今回は、ゆっくりしてくるって言ってましたよ」

おしろがそう告げると、親分は承知していると言い笑みを返してくる。ただ。

「近くの通りでね、若だんなが居ないはずの離れから、声が聞こえたっていう奴がいたんだよ。で、箱根から早くに帰ってきたのかと、顔を出してみたんだ」

ここで場久が、自分たちは離れを時々開けて風を通し、掃除をする役目を引き受けているのだと口にした。何しろ長崎屋は、出来る手代が二人、若だんなのお供で店を離れたので、皆、忙しい。

「親分さん、ほら、あたしやおしろさんは、若だんなの家作を借りてますんで。その縁で、やることになったんですよ」

「ああ、そういうことだったのかい」

親分は納得したようで、にこやかな顔を長崎屋の庭へと向ける。

すると、見慣れない白三郎や紅四郎の姿があったからだろう、親分はちょいと首を傾げた。そして離れの縁側へ寄ると、なんと、いつものように、そのまま座り込んでしまったのだ。

4

「ええ、あのぉ、その……まあ、どうしましょ」

おしろや場久は、顔を引きつらせる。

ここに仁吉か佐助がいれば、親分を早く帰すことくらい、簡単にやってのけたはずだ。親分の袖の中へ金の包みを落とし、饅頭(まんじゅう)の包みを持たせ、子供の話でもすればいい。親ばかの親分は早々に、尻を上げただろう。

しかし、だ。妖達では、金包みすら用意できかねている間に、親分の目が死神達に向いてしまった。

「おや、知らない人達だね。場久さんの友達か誰かかい？」

適当に答えて、死神達に違うと言われたら、話がいっぺんにややこしくなる。妖達が顔を強ばらせたその時、なんと白三郎が、この場を取り繕ってきた。

「親分さん、この白三郎と紅四郎さんは、どっちも腕の良い芸人でね。色々な者に化けるのを、得意としているんですよ」

こちらの若だんなは、今、箱根へ湯治に行っているというが、今度こそきっと良くなって帰るはずだ。だから迎える方としては、その祝いを用意しておくらしいのだ。

「それで、あたしらが呼ばれたんです。もっとも離れでやる宴会だから、雇われる芸人は一人だけ。これから早変わりを競って見せて、選んで貰おうってところでした」

「おお、そいつは面白そうだな。その出し物、おれも見せてもらっていいかい？」

「へっ？　いつの間に、そんな話になっていたのか……痛いっ」

魂消た守狐の一人が、仲間から肘打ちを食らい、慌てて黙る。そして白三郎のほら話は、親分の興味を引いただけでは終わらなかった。

「手下の方々も、見ていって下さい。おや、他にも興味のある方がいるのかな。どうぞ、どうぞ」

白三郎がそう言ったものだから、表の道から木戸内を覗いていた者達まで、わらわらと入ってきてしまった。

「おや、捕り物があるっていうから来てみたら、どうも違うぞ」

「捕り物じゃない、見世物だ。芸人が面白そうな芸を、見せてくれるみたいだぞ」

「見るのに、銭がいるのか？　それともただで見られるのか？」

「ここは長崎屋で、気の良い若だんなの住まいだ。ただで見せてくれるだろう」

結局、十人以上の人数が集まってしまった。

「あたしと紅四郎さん、どっちの化けが上手いか、集まった皆の考えも聞けばいいでしょう。ねえ、長崎屋の皆さん」

「……白三郎さん、一体何を考えているんですか？　こんなに人を集めて、どうする気なんです？」

「だって、沢山の人に、芸を見て貰いたいんですよ。もしかしたらお客として、会いたい人が来てくれるかもしれないし」

「会いたい人？」

白三郎は勝手を言い、人は増え、妖達は一層気を揉むことになった。

「どうしましょう。本物の死神であるにせよ、違うにしろ、大勢の前で、万一化け損ねたら、大騒ぎになります」

「今、離れには、日限の親分までいるからね」

もし、怪しい者だと見破られてしまったら、捕まるかもしれない。しかし長崎屋の妖達には、大きくなってきた話を止められない。呆然としつつ、見守るしかなかった。

「きゅい、これからどうなるの？」

「さあ……誰か分かる？」

しかし妖達の心配を余所に、客を迎えた離れの庭は盛り上がってくる。

「化け比べとは面白い。兄さん達、最初は河童になってくれないか」

客の一人で、半纏の背に、丸にすの字の柄を入れている男が、そう頼んだ途端、他の客達から文句が出る。

「そんな地味なものになって、どうするんだ。頭に皿を載せたら、済んじまうだろうに」

「何だとう？　河童は、もっと格好のいいもんなんだぞ」

言い争う二人の方を見れば、半纏を着た男はどう見ても妖だったから、守狐達がため息をついている。兄や達がいないので、妙な者が人の顔をして入り込んできていた。

さらにその時、黒次郎がすすっとおしろ達の方へ寄ってきた。そして顔を強ばらせ、客の一人をそっと指すと、小声で告げてくる。

「おしろさん、今、庭へ入ってきたあの男、死神です。前に長崎屋へ来たことがあります」

仁吉が死神と呼んでいたから、間違いなく本物だという。

「若だんなもいないのに、正真正銘の死神が、何で離れへやってきたんだろ」

「えっ、どの人？」

おしろが急ぎ目を向けると、確かに見た顔がいた。部屋に置かれた屏風の中から、屏風のぞきも頷き、緑の着物を着た男を見つめている。場久が、歯を食いしばった。

「長崎屋が賑やかなんで、たまたま寄ったのか？　いや、そいつは妙な考えだよな。今日やってきた死神、これで四人目だ」

その内一人は、守狐の黒次郎が化けた姿だったから偽物だが、紅四郎と白三郎は本物かどうか、まだ分かっていない。

「たまたまのこととは、とても思えないな」

「きゅい、今日、誰かがこの離れで、死ぬの」

黒次郎達守狐と、長崎屋の妖達が顔を見合わせ、皆、かすかに身を震わせる。若だんなが湯治に行っただけで、離れがこうも難儀な場に化けるとは、考えもしていなかったと、小声で口をそろえた。

その時、庭でわっと明るい声が上がり、妖達は全員、飛び上がりそうになった。

「さぁ、いよいよ化け比べが始まるよ。よっく見比べておくれ」

白三郎が、死神と言うより芸人のような名調子で話し、その場を仕切り出したのだ。

「化けるのは構わんが、白三郎さんは何を考えておるのだろうな」

ぼやく紅四郎に、白三郎は先に化けてくれと促す。自称死神が苦笑し、さっと動いた。

「わしは狐だっ」

「おっ？……おおっ、確かに狐だわ」

庭にいる面々から、どっと笑い声があがる。紅四郎はいつもの姿の上に、どこから取り出したのか、白い狐の面を被っていた。そしてそれだけで、化けたと言い張ったのだ。けらけら、明るい声が続いた。

「こりゃ、紅四郎さんに一本取られたな。じゃあ次は、そっちの若い兄さんの番か」

さあさあ、何に化けて楽しませてくれるのかと、庭に集まった面々の目が白三郎へ集まる。

「さて、どうしようか」

白三郎は、庭の端まですたすたと歩いていくと、干してあった白っぽい一重の着物をひょいと手に取り、頭から被った。そしてふっと体の力を抜くと、そこにいた面々へ、細い声で言ったのだ。

「うらめしやぁ……」

「う、うわぁっ、こりゃ見事だ」

ただ、着物を一枚羽織っただけ。それから馴染みの言葉を、一つ口にしたのみであった。なのに白三郎の姿は、今、幽霊にしか見えない。客達には大いに受けたが、長崎屋の妖達は、眉間に皺を寄せた。守狐が言う。

「白三郎さんの本性ですが、死神っていうより、幽霊に近い気がしますね」

多分正体をちょいと現したので、それは上手く化けたかのように見えたのだ。場久や小鬼も頷いている。

「悪夢を食らう獏としては、あいつの夢を、調べてみたいと思うんだけどさ。まだ昼間で、当分寝ないだろうからねえ」

「きゅい、きゅい」

紅四郎は、大いに白三郎の幽霊を褒めた。

「化け比べ、わしの勝ちとはならなんだな。ならば二度目、こう化けたらどうだ？」

紅四郎は軽く言うと、今度は軽業師のように、ぽんととんぼを切って宙で一回りする。すると、いつ、どこから取り出したのか、黒い羽織を手にしており、それをさらりと着た。そして皆へ、威張った様子を見せてきた。

「これ、そこな見物人。わしの方が上手く化けたと言わぬと、捕まえてしまうぞ」

そう言い、十手の先を袖から覗かせたから、皆がまた笑い出す。

「凄いや、同心の旦那だ。旦那にしか見えねえ」

先ほど、河童に化けてくれと言っていた妖も、この同心姿には満足している様子であった。いつの間に十手まで用意したのかと、皆は紅四郎を大いに褒めている。

「長崎屋で化け比べをするために、持ってきたのかな」

「あ、済まねえ。十手の先に見えるかもしれねえが、実はこれ、箸だ」

そう言うと紅四郎は、十手の先と見えたものを、袖から出して見せた。すると間違いなく、毎日使う箸の片割れだと分かる。

「おおっ、騙された。確かにこりゃ、化けたと言えるな。紅四郎さんだっけ？　こいつは、あんたの勝ちかな」

集まった面々は面白がり、庭で沸き立ったが、妖達は一層、顔を引きつらせる。

「おしろさん、箸は袖に隠すことが出来るが、黒い羽織は、はて、どこから取り出したのやら。人にやれる業とも思えないのに、そこをお客方は、考えてないみたいですね」

「守狐さん、紅四郎さんが、人の間抜けを笑っているみたいで、恐ろしいです」

一方白三郎は、さて、次はどうしようかと言ってから、一瞬、ぴたりと動きを止めた。それから突然場久へ目を向けると、またお客が増えたみたいですねと、木戸を指さす。

目を向けると、楽しげな声がしていたからか、自分たちも芸を見たいと、木戸からまた人が入ってきたのだ。場久は、際限なく長崎屋へ人を入れるのは無理だと、断ろうと進み出た。だが、急にしゃっくりのような声を出し、言葉を出せなくなってしまう。

「場久さん、どうしました？　大勢さんが入っても、困りますよ」

今度はおしろが止めようとした。

ところが、だ。おしろも言葉を飲み込むと、立ちすくんでしまう。その間に客は、どんどん増えてしまった。

守狐が、顔を強ばらせる。

「あら、その……今来たお客さん、て」

もちろん、ほとんどの客は近所の面々、振り売りや職人など、ちょいと暇が作れる者達であった。しかし驚いたことに、その中に紛れ、死神が更に一人現れていた。

「ぎゅ、ぎゅい。何で？　怖い。金次が怒って、周りを冬にした時くらい、怖い」

さすがに本物の死神が二人集うと、辺りに張り詰めたものが漂い、妖達がまず、それを感じることになった。いや紅四郎や白三郎も、己は死神だと言っているのだから、もっと怖く思えてくる。

場久や小鬼達、おしろ、守狐らが首をすくめ、小鬼達は、場久らの袖内へ逃げ込み始めた。

「場久さん、若だんながおいでだったら、心配するところです。何で死神が、こんなに集まったのか……」

言いかけて、おしろは言葉を切る。こうも多く来たのだ。そろそろ事は、はっきりしてきていた。

「死神が集まったのはつまり……死神がやるべきことを、なしに来たからですね」

彼らは、誰かを迎えに来たのだ。今日、この長崎屋で誰かを、捕らえるつもりでいるのだ。

「でも長崎屋には、あたしら妖が巣くっています。いつも若だんなのところへ、顔を見せているから、死神の顔も知ってます」

離れへ強引に入り込んだら、騒ぎになると、死神達も分かっていたに違いない。そんなことになったら、捕らえたい相手に死神の動きを摑まれ、逃げられてしまう。

「だから己は若だんなの生まれ変わりで、しかも死神になったなどと、奇妙なことを口にした。

そしてまず先鋒が、離れへ入り込んだんじゃないでしょうか？」

それから次に、化け競争を上手く使い、新たな死神二人を、長崎屋へ招き入れたわけだ。

「何人も来てるんです。今日は迎えに来た誰かを、絶対に逃がさない気に違いないです」

「場久さん、じゃあ紅四郎さんも白三郎さんも、本物ってことか？」

この時、庭の隅から屛風のぞきの声が聞こえた。二人目の死神を目にして、ゆっくり屛風の中に居られなくなったらしい。地味な着物に着替え、人のふりして庭に出てきたのだ。

長崎屋の面々が顔を見合わせる。

「誰が本物の死神かは、まだはっきりしてません。そもそも一体誰が、死神に目を付けられてるんでしょう？」

「人ですかね。妖ですかね」

一見、具合の悪そうな者は、今、長崎屋の庭にはいない。しかし誰だか分からないが、死神に狙われている者が、江戸で明日を迎えられるとは、とても思えなかった。

5

庭で白三郎が、次、何に化けるか口にした。易者になると言い切ると、手にしていた白い着物を頭から被り、地面にしゃがみ込む。

皆の目を十分集めると、その後白三郎は、ぽんと大きく跳ね上がった。そして、さらりと着物を放り捨てる。

すると。

「おおっ、幽霊が易者になった。見事、見事っ」

見物から大きな声が上がったのもどうりで、庭に立つ姿は易者にしか見えなかった。一体どこから用意したのか、大きな笠を目深に被り、顔は見えない。古紋付きの羽織に縞の着物を着て、小脇差しを差しているところも、易者として大層きちんとしていた。

白三郎は先ほど、薄手の着物を着た幽霊に化けていた。つまり大きな笠や、脇差し、別の着物など、身近に隠していないことは明らかだ。

「ここまでくると、どこから易者の装いを用意したのか、さっぱり分からん」

屏風のぞきが口を歪める。

「こりゃ、白三郎さんが死神だってことも、あり得るかな。不可思議な力が強そうだ」

しかし、もはや見物達は、そんなことなど考えはしないようで、今度の変わり身も見事だと、満足げに騒いでいる。白三郎はここで、吉凶を占う筮竹を取り出し、いかにも易者らしく、音を立てて何度も動かした。それから何と、占いの結果を告げると言い出した。

「先のことが見えた。ああ、あたしは占い師になったのだから、分かったんだよ」

そう言い切ると、もしや本当にそうなのかもしれないと、信じる者が出てくるから不思議であった。白三郎は更に、音高く筮竹を鳴らし、見物達の方へと寄っていく。

「この場は、死神達に魅入られておる」

口を開くと、とんでもないことを言った。

「はっ？」

客達の顔が、一気に強ばる。死神と聞いて、笑い出す者はいない。白三郎はそれでも、言葉を止めず、声を落とすことなく話を続けた。

「日頃、神仏を大事にしている者は、心配には及ばない。今日、死神に手を掴まれそうになっている誰かは、もう随分前から、恐ろしき神に目を付けられておるようだ」

なぜなら。

「ああ、笙竹に出ている。死神ときたら……驚くじゃないか。三人も、この離れに集まってきているよ」

「えっ、この庭に、死神が三人いる？」

まさかそんな話になるとは、思いも寄らなかったのだろう。客達は、どこに死神がいるのかと辺りを見回し始めた。その内、落ち着かない様子で、互いの顔まで見始める。だが横に居る誰かが死神なのかどうか、見分けられる者など、いるはずもなかった。

ざわめく客達を前に、妖達も驚き、小声で話し出した。

「なんとまぁ。白三郎さんがお客へ、死神のことを話してしまうとは思わなかったです」

おしろに、守狐達が頷く。

「どういう思惑があるんでしょう。紅四郎さんは……おや、怖い顔してますね」

しかし白三郎は、お構いなしで話を進めてゆく。もったいぶって笙竹を鳴らした後、更に勝手を言い続けた。

「あたしには分かる。そうだよ、今日、死神がこの離れへ来たのには、ちゃんと訳があるんだ。ああ、そうだ」

もちろん、当然、死神の勤めを果たしにきたわけだ。人を黄泉へと送る。死出の旅へ誘う。それが、死神なのだから。

「そ、そいつは怖い。易者さん、もっと楽しい話は、ないのかい？」

ここで声を掛けたのは、今まで声を失ったかのように黙っていた、日限の親分であった。だが白三郎は笠で見えない顔を、親分の方へ向けると、首を振る。

「おや親分さん。腰が引けてるね。それもそのはずだ。実は死神が連れに来たのは、お前さんなんですよっ」

「ひえっ」

岡っ引きが、今にも離れの廊下に、ひっくり返りそうになる。しかしここで、易者となった白三郎は、小さく笑い出した。

「なんて冗談ですよ。親分さん、本気にしちゃいましたかね。おお、済みません」

親分は一瞬、目をつり上げたが、慌てて口に手を当て、己で文句を封じた。せっかく、冗談だと言って貰ったのだ。ここで易者と喧嘩をし、不運を引き寄せてはいけないと、己を戒めたに違いない。

「ああ、長崎屋の離れが、こんなに怖いと思ったのは初めてだ。若だんながいないと駄目だね」

親分のぼやきを聞いた占い師はへらへら笑うと、大勢の客達へ近寄ってゆく。すると、まるで死神が近寄って来たかのように、人の集まりが左右に分かれ、白三郎を通した。

占い師の足が、途中でぴたりと止まる。半纏の背に、丸にすの字の柄を入れている男へ目を向けると、笑い声を立てた。

「半纏にすの字を入れた兄さん、さっき紅四郎さんに、河童に化けてくれと言ってたお人だね。覚えているよ」

変わった望みだと思ったが、面白いとも思えた。しかし、だ。

「今日、この離れで、河童と言ったのは拙かった。なぜかって？　そりゃ、ある河童が、最近無茶をしているからさ」

占い師は、多くの者から話を聞く。噂にも、それは詳しいのだ。

「その河童がやった大間抜けも、聞いてるんだ。長崎屋の若だんなを、なかなか黄泉へ連れて行けないのは、死神が間抜けで力足らずだからだ。河童はそう言って、江戸の死神を馬鹿にしたんだと」

「うわぁ、死神に喧嘩を売ったのかい」

日限の親分以下、集まった客達が顔を蒼くする。

「いや死神さん達は、ちゃんと勤めを果たしているんですよ。皆さんの周りでも亡くなった方、おいでででしょう？　ええ、この近くの堀川でも、先に一人死んだばかりだ」

なのに見下された。死神達はその河童のことを、随分怒っているのだ。

「えっ……」

すの字の男が、顔を強ばらせる。

「だからさ、本当に誰ぞを黄泉へ連れて行く力があるかどうか、死神は己達を馬鹿にした河童で試す気らしいよ。ああ、その気の毒な河童、きっと黄泉へ連れて行かれちまうね」

不吉な声と共に、長崎屋の庭にひゅっと寒い風が吹き抜ける。だが占い師は直ぐににっと笑うと、また笠竹を高らかに鳴らした。

「でも、長崎屋に集まった河童じゃない皆さんは、何の心配もいらない。死神達が怒っている相手は河童だ」

そして河童が、今、この長崎屋に来ていないとは限らない。易者はそう言葉を続けた。なぜならこの場に何故だか、三人もの死神が来ているからだ。

「河童が人に化け、ここにいるのかもな」

ならばご用心を。白三郎の易者は、そう言って、皆へ深々と頭を下げた。

それから。

ここでひょいと顔を上げると、笠を取って明るく笑い、客達を見た。

「あたしが化けた易者、どうだった？　思わず聞き入っちまっただろう？」

「あ、ありゃあ。そういえばここにいる易者は、芸人さんが化けたものだった。つい信じちまったよ」

庭にいた面々は、ほっと息を吐いた後、納得した顔を見せた。だが、話が死神がらみで怖かったからか、易者には見事に化けたはずなのに、褒める声が湧かない。

「あ、紅四郎さんが怖い目を、白三郎さんへ向けてる」

守狐の言葉に、長崎屋の面々が頷く。白三郎は、ため息をついた。

「ありゃ、易者は受けなかったようだ」

すると白三郎は何と己から、突然負けを認めたのだ。客や長崎屋の者達に、考えも聞かない。

そして、なにやら嬉しげな笑みを浮かべた後、嘆いた。

「負けたかぁ。残念だが化け比べは、紅四郎さんの勝ちということで承知だ。ええ、それで決まりということで」

白三郎は、ならば失礼をすると言い、近くにあった木戸から、あっさり出て行く。自分が死神を名乗ったことなど、見事に忘れたのか、長崎屋の皆に、言い訳すらしないで背を向けた。

だが白三郎は、一つだけ目を引くことをした。

何故だか、すの字の男に声を掛け、共に長崎屋から出て行ったのだ。

6

何ですの字の男を、表へ伴ったのか。

「鳴家、白三郎さん達の跡を追いな。二人がどこへ行って何を話してるか、掴んだ。ちゃんと覚えて帰ってきたら、大福を買ってやる」

三春屋(みはるや)の大福だと言い、屛風のぞきが紙入れから、とっておきの銭を出して見せると、しばらく大福を食べていない小鬼達が張り切った。人に姿が見えないのをいいことに、大勢がぴょんと塀に登り、表へ飛び出してゆく。

すると、ここで紅四郎が、集まっていた客達に化け比べの終わりを告げた。白三郎が負けを認めて去り、勝負がついたからだ。

「なんだいお客さん。次、長崎屋で芸を見せる時も、呼んで欲しいって？　おい、毎回ただで芸を見ようっていうのは、ないんじゃないか」

銭を出し、浅草や両国で芸を見てくれと言われ、客達は渋々帰って行く。客の間に紛れ、そのとき二人の死神も姿を消した。

紅四郎も、皆の後を追って出て行くかと思われたが、何故だか長崎屋の皆へ愛想良く笑い、事を上手く収めただろうと言って、庭で笑っている。

そこへ驚くほど早く、鳴家が帰ってきた。

「きゅい、白三郎とすの字、すぐ側の橋へ行った。長崎屋に居た死神二人、その橋の近くにいるの。手前と向こう側で、立ってる」

鳴家達によると、白三郎は何故だかすの字に、お前が自分の代わりに、この橋に残れと言っているらしい。

「何で？　きゅべ、白三郎は橋、嫌いなの？」

「きゅん、ならなんで、橋に行ったの？」

何もない小さな堀端の橋で、すの字に何をして欲しいのかと、小鬼達は首を傾げている。その時、白三郎の望みを察したのは、場久であった。

「あたしは怪談を語りますんで、思い出した話がありますよ。獏として、その話の元になった悪夢を食べたのは、西の国でしたが」

場久が長崎屋の庭で語ったのは、ある井戸で命を絶ってしまったおなごの話であった。

「好いた相手を亡くして、世をはかなんだんですな。悪夢を見続けたあげく、井戸に飛び込んでしまった」

そして井戸のおなごは、大層運の悪いことに成仏できず、その井戸に捕らわれてしまったのだ。

「井戸に捕らわれる？」

長崎屋の面々や紅四郎までが、目を見開いて場久を見た。

「正しく言うと、井戸があった地に、捕まってしまったというか」

人死にが重なったり、不吉な思いが凝り固まった場所は、時折、運の悪い人を引き寄せるようになるのだという。そして捕まえた者を、その地から離さなくなる。

「あら、そういう噂を、少し前に聞いた気がするわ」

おしろが頷く。身代わりに出来る者がいれば、始めに捕らわれていた者は、その地から離れられることもあるようだ。だがそういう地は余計、あらたな者を引き寄せてしまうという。

「おなごが死んだ井戸では、その後、何人もが死ぬことになったんです」

だがある御坊が、剣呑な井戸の噂を聞いて訪れ、その地の因縁を解き放った。井戸は埋められ、今は人を引き寄せる怖い場はない。

「でもそういう〝場〟が出来ることは、結構あるようで」

長崎屋から近いあの橋も、以前、何かの不幸があった場なのかもしれない。

ただ、長崎屋には若だんながおり、仁吉や佐助、河童や死神、その他、沢山の力の強い妖が、まめに出入りしていた。いや長崎屋には日の本の神すら、時々顔を見せていたから、近所に悪いものが溜まり、怖い場と化すことなどなかったのだ。

「けど今は、若だんながいませんから」

しかし、おしろも屛風のぞきも、場久の話に、首を傾げている。

「……若だんなが湯治に行ってから、一月半ほどだぜ。長崎屋近くの橋が短い間に、怖い〝場〟

になったってことかい？」

　いくらなんでも、早すぎるのではないか。おしろも眉をひそめると、ここで後ろから守狐の黒次郎が、思い出したことがあると言い出した。

「一月と三日ほど前の話です。おれが長崎屋の裏手で化け修行をしてたとき、堀川で舟がひっくり返りました」

　若い船頭が乗っており、水から引き上げられ、医者へ運ばれていった。おしろが頷く。

「ああ、そんなことがありましたね」

「もしかしたらあの日、船頭は橋近くで、おぼれ死んでたのかもしれませんね」

　しかし医者へ連れて行かれたので、後がどうなったか、噂にもならなかったのだ。だから小さな橋に、あの時の船頭が捕らわれたままだとは、黒次郎は思ってもいなかった。

「あの堀が怖いところだなんて、聞いておりませんし」

　ところが。ここで横から、紅四郎が口を出してくる。

「あの堀じゃ、結構人が溺れてるよ。死神なら皆、知ってることさ。江戸の者も、余所から来た者も、泳げる奴は少ないからね」

　冬場なら船頭でも危ない。冷たい水に落ちれば、心の臓が止まりかねないのだ。

　そして若だんなが出かけてからこっち、偉い神様も死神も、離れには来ていなかった。人でないものが見えるような者は誰も、長崎屋の裏手にある小さな橋に、目を向けたりしなかったのだ。

　おしろが眉をひそめる。

「白三郎さんは橋のところで死んで、あの〝場〟に、捕まってたってことでしょうか」

白三郎が亡くなった船頭だったとしたら、橋から逃げ出したいと、一月以上、必死になっていたということになる。

多分このままでは、成仏もできない。己がここにいることすら、誰も気がついてくれない。

助けて欲しい。

でも、誰も助けてくれない。

どうしよう、どうしよう、どうしようっ。

このままでは嫌だっ。

白三郎は一人きり、死にものぐるいで、あがいていたに違いない。そんなとき、だ。

「この紅四郎が橋近くで、黒次郎さんと行き会い、死神だと言っちまった。白三郎さんへも声を掛けちまったわけだ」

紅四郎が長崎屋の庭で、片眉を引き上げ、頭を掻いた。

「白三郎さんが人ならぬ者だってことは、すぐに分かった。だから死神だと名乗っても、平気だと思ったんだが」

「おおっ、やはり紅四郎さんが、本物の死神だったんですね」

「わしは最初から、そう言ってるよ」

妖達が頷く。紅四郎は眉をひそめた。

「わしが長崎屋へ行くと言ったとき、白三郎さんも、すぐ側にある離れまでなら、自分でも行けるだろうと思ったのかね」

実際白三郎は、長崎屋の離れへ入り込んだ。それから紅四郎の真似をして、死神だと語ったわけだ。

「きゅい、なんで？」

鳴家が首を傾げると、庭にいた皆が、目を見合わせる。訳は一つしか、思い浮かばなかった。

「おしろさん、捕らえられた怖い場から離れるには、身代わりを置くのが良いんだよな」

おしろが、深く頷く。

「ええ。でも、ほとんどの人は、怖い場所に捕まってしまうなんて、ごめんでしょうね」

だが。ここで紅四郎が、唇を歪める。

「この長崎屋には、白三郎さんの身代わりにできる奴がいるはずだった。死神に追われてる河童だ。わしは河童が、ここにいる妖達の、仲間だと思ってたから、長崎屋へ来たんだ」

ずっと橋に捕らわれていたなら、白三郎も死神と河童の話を、噂話として、橋を渡ってゆく者達から聞いたに違いない。

「しかし長崎屋に、河童はいなかった。外れたと思って帰ろうとしてたら、あっちから現れてきたんだね」

すの字の男だ。長崎屋の賑わいに誘われたのか、それとも死神が集ったという話が気になったのか。とにかく来てしまった。

「すの字の男が、わしら死神から追われておる河童だとしたら。白三郎が河童に何と言うか、察しはつくな」

「あ……それで」

「あたしにも分かった、さすがに、そこまで言ってくれたら」

長崎屋の離れで、妖達が頷く。

死神に捕まり、あの世へ連れて行かれたくないのなら、一つだけ身を守る方法がある。そう告げるのだ。

「白三郎さんに代わり、橋近くに捕らわれること。そうすればあの場から離れられなくなるから、黄泉へも連れていかれない」

ただ、そうなったらすの字の河童は、この先、幽霊のような身になり、成仏することも出来なくなる。白三郎が離れたいと必死に願った土地に、縛り付けられてしまうわけだ。

「うわぁっ、嫌だわ。死ぬのも、捕らわれるのも嫌。すの字の河童は、どうするのかしら」

おしろが顔を強ばらせ、小鬼達が騒ぐ。紅四郎はにたりと笑った後、あっさり言った。

「そうだな、どちらにしても、とんでもない話に違いないな」

死神の癇癪(かんしゃく)が、こういう話に転がるとは、己でも考えなかったと紅四郎は口にする。ならば、だ。

「すの字の河童が、どの結末を選ぶにせよ、だ。わしたち死神は、それで今回の怒りを終わらせよう」

死神は妖達の前で、そう約束をしたのだ。

「その、とってもありがたい話には違いないですけど。でも、すの字がうれしがるかどうかは、分かりませんねえ」

「ふふふ、猫又、その考えは正しいな」

ようよう何人も現れた死神の話が、どういうものだったか分かり、長崎屋の面々は頷いた。よって皆は、堀川に架かった橋へと向かう。白三郎と河童の決着を、知りたかったのだ。

するとと案の定と言おうか、小さな橋のたもとでは、二人が顔を赤くし揉めていた。

7

「嫌なことを、言わないでおくれっ。あたしはこんな場所に縛られるなんて、嫌だっ。絶対に、お前さんの身代わりになんか、ならないからね」

人をはめ、己だけ助かろうとしても無駄だと、真っ赤な顔になったすの字の河童が、空に向かって吠えていた。

「でも、死神達に捕まえられるのも嫌だ。黄泉へ連れて行かれるのもご免だよ」

だがこの考えを聞くと、白三郎は首を横に振り、橋の両側へ目を向けた。

「橋の右側にも左側にも、死神が待ち構えているんだ。お前さん、この橋から離れるんなら、黄泉へ行くしかなかろうさ」

それでも、この橋に縛られるよりはいいと、死神へ従う手もあるだろう。白三郎にはそれを、止める力などない。

「その時は、静かに見送ってやるさ。さて、どっちにする？　余り迷ってると、死神達が橋へやってきそうだが」

この場に捕らわれるか、十万億土の彼方へ離れるか。これからの長い時を決める、大事な決断であった。河童の声が小さくなる。

「……どうしよう」

簡単には決められないことだと思ったから、堀川へ行った長崎屋の面々は、口を出さなかった。案の定、問われた河童は、酷く迷っている。迷い続けている。

だが。

見続けても、更に待っても、いっこうに答えが決まらない。気がつけば橋近くにいた妖達の側に、紅四郎が来ていた。じき、河童を連れに、橋へ向かってしまいそうであった。

しかし、しかししかし。こうなった今になっても、誰も、死神や河童に掛ける言葉を思いつかなかったのだ。

「きゅい、怖い」

「このままじゃ、あの河童さん、連れて行かれちまいますね」

「おしろさん、きっと禰々子さんが怒りますよ。江戸で死神と禰々子河童の戦いが起きそうだ」

場久が顔を強ばらせる。屏風のぞきは、小さな橋を見つめた。

「その上あの橋近くは、不吉な場所として、残っちまうわけか。長崎屋と近すぎる。若だんなの体に障(さわ)るぞ」

それは分かる。それでも、何をしていいのか、妖達には分からない。そして。

紅四郎が橋の方へ、一歩を踏み出した。妖達から、悲鳴が上がる。

その時、だ。

「きゅ、きゅんいーっ」

鳴家が高く、声をはりあげた。

「あ、あれ」

「え……帰ってきた！」

皆が一斉に、堀川の方へと目を向ける。すると馴染みの姿が、舟の舳先の方に乗っているのが分かった。

「仁吉さんだっ。帰ってきたっ」

若だんなはと探したが、その姿はない。佐助もいない。皆が目を見開いている間に、舟は白三郎と河童が立ちすくんでいる橋の袂に、静かに近寄った。

仁吉は身軽に岸へ立つと、そこに大勢の妖と、死神が三人も揃っているのを目にし、大きくため息をつく。

「金次が箱根まで来たぞ。皆が若だんなの帰宅を待っていると言ったんで、何かあったのかと、若だんなが気にしていなさる」

店が火事になったのではないか。

妖同士の戦が行われているのではないか。

誰かが迷子になってはいないか。

金次が来て以来、若だんなが江戸を気にして、ゆっくりとした湯治が、出来なくなったという。

「それで若だんなを落ち着かせるため、私が一足早く、戻ってきたんだが」

なんだ、皆、無事ではないかと仁吉に言われ、長崎屋の面々は一斉に、この場の危機を訴え始めた。

おしろがまず話し始め、屏風のぞきがその後を継ぎ、鳴家が話を逸らし、場久がことをまとめる。妖らの話に慣れている仁吉は、一発で話の次第を摑んだ。

「やれ、河童と死神のいざこざか。それに何で長崎屋が巻き込まれるんだ」

若だんながいない時なのにと、仁吉が怖い顔をすると、妖達が身を小さくする。とにかく、長崎屋の面々が起こした騒ぎではないので、仁吉もそれ以上はあれこれ言わず、さっさと場を収めにかかった。

まず、橋の上にいたすの字の河童を、すっと指し、それから死神の紅四郎を見る。

「死神殿、あの河童だが、隅田川に住まう者だ。なら関八州の河童の大親分で、若だんなの知り合い、禰々子殿の配下だな。親分に返してやってくれ」

もちろん腹は立つだろうが、禰々子が死神に無礼をした配下を、そのままにしておくことはない。禰々子親分は、大層礼儀に厳しい河童なのだ。

「死神について行った方が、楽かもしれん。だから、本人が川へ帰りたいといったときのみ、返してやってくれ」

「おっ、おれはっ、そのっ……川へ帰りたいです」

すの字の河童は、蒼くなったり赤くなったりしながら、つっかえつっかえ、それでも返事をする。紅四郎は、薄ら笑いを浮かべた。

「そりゃ、河童にだけ都合の良い話だな。死神の体面は、どうしてくれる？　わしらは、笑われたままでは不満だ」

仁吉は深く頷いた。そして、若だんなであったら、事をこう収めるだろうと言い出したのだ。

「このもめ事の元は、橋近くに捕らわれた、あの白三郎の霊だな。つまり橋に捕まってしまえば、死神ですら手が出せないと、あの霊が考えたので、妙な話になったのだ」

だが、本当にそうであろうか。

「本物の死神が、ここに三人もいるのだ。あそこで橋に捕らわれている白三郎とやらを、力尽くで橋から引きはがすことが、出来ぬだろうか」

いや、死神ならば、きっと出来る。

「不可思議な場の力さえ押さえ込める、死神の威を見せつければ、もう阿呆な噂を立てる者はおるまい」

この地上のどこにいても、死神から逃れられる場所はないと、知ることになるからだ。

「そこな河童も、白三郎がどうなったか見れば、二度と軽口など叩くまい」

「ひっ、ひえぇ」

「ほほう……話を、そうもってきたか」

死神達は目を見交わしたが、やがて、揃ってにたりと笑った。そして橋の側から離れられない白三郎の方へと、揃って近寄ってゆく。

長崎屋の者達が、堀川の岸で震え上がった。

「あの、本当に若だんなが、死神をけしかけると思うんですか？」

怖いのか、場久が半泣きになっている。しかし仁吉は落ち着いて頷いた。

「死神に捕らわれるのは、怖いだろうがな。あの白三郎はこれで、真っ当に冥土へゆけて、輪廻の輪に乗れる」

色々なものに生まれ変わり、いつか人になることもあるだろう。極楽へゆける日も、来るかも知れないのだ。この場を離れるのが、一番良い。

「まぁ、今日は怖い思いをするだろうが」

仁吉の言葉が終わらない内に、辺りを声にならない悲鳴が、裂くように渡っていった。橋近くにいた死神が、ぐいと白三郎の襟首を摑み、強引に橋から引きはがしにかかったのが目に入る。

それでもなかなか離れられないでいると、橋の向かい側にいた一人と、紅四郎が側へゆく。三人目の手が白三郎を摑んだその時、紅四郎達死神は、何事もなかったかのように、すたすたと歩き始めた。

「あ……白三郎さんが、橋の場から引きはがされた。消えてゆくよ」

じき、最初から誰もいなかったかのように、その姿は見えなくなってしまったのだ。妖達が、ぺたんと地面にすわり込む。ほうっと息を吐き出す者もいた。

「なんと……まあ」

終わってみれば、何も起こらなかったかのように、長崎屋の周りは平穏であった。仁吉はさっさと屋敷へ入り、若だんながおやつの心配をしていたから、途中で菓子を買ってきたと、風呂敷包みを掲げて妖らに見せてくる。

「あ、いつもの長崎屋だ」

妖達はようよう、ほっと息をつくと、我先にと離れへ戻っていった。皆、今日ばかりは甘い物より、仁吉へあれこれ言いつのるのを先にしたのだ。

「若だんなは、いつ帰ってくるんですか？」

「離れてると、長崎屋が妙な場所になっちまうんですよ。ええ、怖かったです」

わいわいと話が長く続いていく内に、やがて菓子も減り始め、仁吉が笑いだした。皆はほっとして、また若だんなの名を口にした。

むすびつき

1

江戸は通町にある長崎屋の離れに、炬燵が出る季節となった。すると上に置かれた菓子鉢や、盆に盛った蜜柑めがけ、身の丈数寸の鳴家達が炬燵布団をよじ登り始める。

見事、炬燵の頂上へ行き着き、大福や蜜柑を腕に抱えると、小鬼達は胸を反らし、「きゅんいー」と勝利の雄叫びを上げた。だが甘味の重さでよろけ、炬燵の天辺から畳に向け、ころころと転げ落ちたりするのだ。

しかし布団に埋まってしまっても、ほとんどの小鬼が菓子や蜜柑を離さず、じたばたしたまま、起き上がれない。炬燵に入っている面々は、仕方なしに小鬼達を救出した。

そして菓子や蜜柑を渡され、食べられるよう小さくちぎったり、皮をむいたりする役目を、押しつけられることになるのだ。

「きょんげーっ、蜜柑、食べたい。鈴彦姫、鳴家は蜜柑、食べたい」

今日、病み上がりの若だんなと共に、大きな炬燵に入っているのは、貧乏神に付喪神、猫又という、いつもの妖達であった。

長崎屋は先代の頃から、人ならぬ者達との縁が深く、若だんなはいささかそんな血を、引いてもいる。よって若だんなや人ならぬ者達は時々、妖達が世の理から外れていることを、忘れることすらあった。

「はいはい。ちょっと待っててね」

鈴の付喪神である鈴彦姫と、猫又のおしろが、せっせと剝いて、小鬼へ一房ずつ渡している。若だんなの蜜柑を小鬼が食べてしまうと、若だんなの育ての親、兄や達の機嫌が悪くなる。貧乏神の金次や屛風のぞきは、小鬼へ蜜柑をくれるが、自分も食べるから、たまにしかもらえない。鳴家達が群がるのは、もっぱら鈴彦姫とおしろだった。

「きゅんいー、蜜柑、もっと、もっと」

「おい、鈴彦姫、小鬼にばかり渡してちゃ、自分が食べられないだろうに」

金次が片眉を引き上げると、鈴彦姫は、にこりと笑った。

「今日はとっても良いことを思いついたから、構わないんですよ」

「きゅいきゅい、何、あったの？　空からお菓子、降ってきた？」

「そんな大事があったんなら、小鬼達が一番先に気づいて、拾いに行ったと思うよ」

若だんなが笑うと、鈴彦姫は何故だか金次を見てから、嬉しげに話し出した。

「先だって金次さんが、生まれ変わる前の若だんなに会った時のこと、話したでしょう？」

鈴彦姫はそれを聞いた時、とても羨ましかった。なぜなら若だんなとの間に、特別な縁があるかのように思えたからだ。

「で、私も、じっくり考えてみたんです。どこかで生まれ変わる前の若だんなと、ご縁がないかなぁって」

「きゅい？」

「若だんなは、きっと何度も生まれ変わっています。だから、その内の一人と出会えていないか考えたんです」

金次がここで、ため息を漏らす。

「あのな、長崎屋の妖が何度も、生まれ変わる前の若だんなと会うもんじゃなかろうに」

いや万一会えていたとしても、それが今の自分達に、分かるとは思えないのだ。

「若長が、若だんなになったと分かったのだって、たまたま若長に渡した蒼玉が、広徳寺に現れたからだぞ」

しかし鈴彦姫は、金次が出会ったのだから、自分が会ってもおかしくないと言い、譲らない。そして、こう付け加えたのだ。

「実は一人、生まれ変わる前の若だんなかもって、思える人がいたんです」

鈴彦姫の鈴が納められている五坂神社で、昔神主をしていたお人だという。

「名を、星ノ倉宮司と言われます」

「鈴彦姫はそのお人が生まれ変わって、今、私になったと思ってるの？」

若だんなは驚いた顔で、ちょいと首を傾げた。金次が若長の話をしたときもそうだったが、生まれる前の自分について話が出ると、不思議そうな顔をする。

鈴彦姫は頷くと、話を進めた。

「五坂神社は、お寺の脇にある小さな神社です。奉納金が少ないんで、神社を支える宮司様達は、いつもお金で苦労なさってます」

よって代々の宮司達は、神社で使う鈴や飾り物などを、自分達で作ってきた。その内、余所(よそ)の品も引き受けるようになり、鈴彦姫が付喪神として目覚めた頃には、神社や、社を勧請(かんじょう)している大名家などへ、品を売るようになっていたのだ。

「私の本体である鈴も、昔、五坂神社の宮司様が作って下さったそうです」

「おお、長く大事にされて、付喪神になるほどの鈴を作るとは凄い。五坂神社の神職達は、職人顔負けの腕をお持ちなんだね」

若だんなが感心すると、鈴彦姫が蜜柑をむきつつ、嬉しそうに頷いている。

「その神職のお一人、星ノ倉宮司という方は、ことに優しいお方だったとか。五十年以上前、若くして病で亡くなられたそうで、私は会ったことがありません。きっと丈夫な方じゃなかったんです」

病弱なところが、若だんなに似ている。そして更に。

「今は、別の神社へ行ってしまった鏡の付喪神によると、その鏡が付喪神になっていると、承知していたとか。星ノ倉宮司は若だんなのように、妖に優しかったみたいなんです」

その上、だ。

「この鈴彦姫が生まれた神社に、おいでだったんです。三つも若だんなと、似たところがあったんですよ！」

だから、つまり。

「星ノ倉宮司はきっと、生まれ変わって、若だんなになられたんです」

「……鈴彦姫さん、会ったこともないお人でしょう？　それはちょいと、思い込みが過ぎるというか」

おしろが眉尻を下げ、屛風のぞきが苦笑を浮かべる。

「病で死んだ人が、皆、体が弱いとは限らんぞ。流行病（はやりやまい）で亡くなった人は全員、病弱ってことになっちまう」

小鬼達が首を傾げ、若だんなもつい笑みを浮かべると、鈴彦姫が顔を赤くした。

「本当に、星ノ倉宮司と若だんなには、繫がりがあると思います。でも……ええ、私が言ってるだけじゃ、証（あかし）にはなりませんよね」

ならば。ここで鈴彦姫が、暖かい炬燵から出て、町娘の姿に化けた。

「私、神社へ戻って、亡くなった宮司様のこと調べてきます。きっと、若だんなとの繫がりが、出てくると思いますから」

蜜柑を炬燵に置き、鈴彦姫が部屋から出て行くと、炬燵の上に残された小鬼達が悲しげな声をあげた。若だんなが慌てて声を掛ける。

「鈴彦姫、一人で出かけてどうするんだい。一緒に行くから、待っておくれな」

しかし、寒い外へ行こうとする若だんなを、屛風のぞきが慌てて止めた。そして代わりに、小鬼達の背中を押す。

「蜜柑を沢山むいて貰っただろ。一緒に行って、鈴彦姫が困ってないか、時々離れへ知らせを入れな」

病み上がりの若だんなが表へ出ると、きっと直ぐにまた風邪を引き、寝込んでしまうに違いない。すると、だ。

「菓子が食べられなくなるぞ。離れへ蜜柑も大福も、回ってこなくなるから」

「きゅんべーっ、鳴家が行くっ」

「心配だから、このおしろも追うことにします。金次さんも行きますか？」

ところが、甘い蜜柑を食べている貧乏神は、炬燵に潜り込んだまま首を横に振った。

「ひゃひゃっ、あたしが神社へ行って、お賽銭が少なくなっちゃ悪い。残ることにするよ」

「いつになく殊勝な言葉だねえ。金次さん、ただ、炬燵から出たくないんだろ？」

「屏風のぞき、ならばお前さんが行きな。寒いって？　付喪神のくせに、情けないことを言ってるんじゃねえよ」

ちょうどその時、仁吉と佐助、二人の兄や達が、小豆がゆの入った小鍋を持って現れたので、屏風のぞきは、残ってかゆを食べる方がいいと言い出した。だが話を聞いていたらしい佐助が、付喪神の襟首を摑み、あっという間に塀の外へ放り投げてしまった。

若だんなは呆然と、飛んで消える姿を見送り、心配げにつぶやく。

「ねえ、佐助。鈴彦姫のいる神社って、屏風のぞきが飛んでいった方にあったっけ？」

「あれも長く生きている妖です。お江戸の内に落ちれば、あとはどうとでもなりますよ」

「ひゃひゃっ、若だんな。屏風のぞきの袖内に、鳴家が一匹入ってたから、一人にゃならん。心配なかろ」

若だんなは、腹をくくって妖達を待つことにすると、兄や達へ一つだけ頼み事をした。

「小豆がゆ、皆の分を取っておいてね」

「沢山作りましたから、大丈夫ですよ」

「五坂神社の星ノ倉宮司か。一体、どういうお方だったんだろうね」

佐助が、椀にたっぷりと小豆がゆをよそいつつ、近い神社のことであるから、社の縁の下にでも住まう妖に、聞いてみようと口にする。妖らは長生きだから、数十年前に生きていた人のことなら、分かりそうであった。

「きゅんわ、鳴家は知らない」

小鬼達は亡くなった人のことより、盆に載ったかゆに、興味津々であった。

「熱いよ、もう少し待たなきゃ駄目だよ」

若だんなが止めた時、小鬼はとうにかゆへ手を伸ばしていて、あちっと叫び炬燵の上で転んだ。

2

鈴彦姫の鈴が吊されている五坂神社は、長崎屋よりも海側の、そう遠くない辺りにある。すぐ隣はお寺で、境内の脇に墓地があった。

鈴彦姫は五坂神社のことを小さいと言ったが、社として一通りの建物は揃っている。入り口に立つ鳥居から始まって、参道の両脇に手水舎や社務所、狛犬、神楽殿があり、道の正面には拝殿、その後ろに本殿があった。

その神社の中で、鈴彦姫とおしろ、それに屏風のぞきがそっと入り込んだのは、賽銭箱が置いてある拝殿の中であった。

「鈴彦姫さん、ここから探すことにしたのは、何か訳があるんですか？」

おしろが、お参りをしてから問う。すると、拝殿の行李を開けていた鈴彦姫が、社の表、賽銭箱の上に太い縄で吊された、一抱えほどもある大きさの鈴を指した。

「あれが、付喪神である私の、本体なんです」

大きな鈴の両脇には、二本紐が下がっていて、そちらの天辺には拳ほどの鈴が、鈴なりにつり下げられている。拝殿は鈴彦姫が、神社で一番よく知っている場所なのだ。

「それで、まずはここへ来ました。でも一番調べたかったのは、実は、神職方がおいでの社務所なんですけど」

屏風のぞきが頷く。

「そういう社務所って、神社へご祈禱など頼むとき、まず足を運ぶ先だよな。若だんなの病気快癒を願うとき、兄やさんたちが行ってる」

五坂神社の毎日や宮司について、書き留めたものが残っているとしたら、社務所だと思う。ただ。鈴彦姫は困ったように続けた。

「こちらの五坂神社では、代々の宮司さん方が、社務所で飾り物を作っておいでなんです」

「あらぁ、つまり五坂神社の社務所には大概、人がいるのね」

「ええ。でも神職方の家は余所にあるはずで、夜なら調べられると思います。それで拝殿を、先にしたんですが」

「なるほど。しっかし、ここにはないかもしれんぞ。書き付けなどさっぱり見つからん」

そもそも、行李は空のものばかりで、神社にしては置いてある品が少ない。この神社は今、かなり金に困っていそうだと、屏風のぞきが言い切った。

「きゅい、お団子もない。つまんない」

小鬼が早々に音を上げたので、諦めるのが早いと、おしろが尻尾で、ぺしりと叩いている。鈴彦姫は生真面目に、部屋の端に重ねてある行李をどんどん開けていったが、星ノ倉宮司について書いたものは一つも見つからず、唇を引き結ぶ。

「でも、あるはずなんです。だって」

毎年末、方々へ払いをする頃になると、今でも神職達は社務所で、何故だか星ノ倉宮司の名を口にするのだ。屏風のぞきが、ちょいと首を傾げた。

「鈴彦姫、数十年前に死んだ宮司様のことを、何で今の神職達が話したりするんだ？」

早死にした人らしいし、それほど高名な神職ではないと思われた。

「五坂神社では、名の知れたお方なんですよ。星ノ倉宮司様が亡くなられたとき、神社で一騒ぎあったからだと思います」

「あら、どういう騒ぎだったんですか？」

書き付けが見つからないからか、三人の話は星ノ倉宮司へ向かう。

「ええと、何か不思議な話だったです」

「きゅんい？」

鈴彦姫は、深く頷く。

「そうそう。星ノ倉宮司のお話には、確か金が関わってました。以前神社では、高直(こうじき)な細工物を作るため、社務所に金を沢山置いてあったとか」

宮司が存命の頃、宮司達が作っていた細工物は今より高価で、五坂神社も裕福だったそうだ。

「中でも星ノ倉宮司は、金を沢山使った、それは高直な品を作っていたと聞きます。どうして今の神社は、そういう品を作らないのかしらと……」

鈴彦姫の言葉が、途中で切れた。

その時、目の前の行李が急に動き、前が、ぽかりと大きく開いたからだ。そこへいきなり、男の顔が現れた。

「きゃあっ」

鈴彦姫の悲鳴を聞き、魂消た顔で立ち尽くした男は、その出で立ちから考えて神職だ。

(ええと、いつも見てる顔だわ。この神社の神職様だわ)

だが、名前が出てこない内に、どういうつもりか神職は、こう問うてきた。

「おい、あんた、誰だ？　どうしてその若さで、星ノ倉宮司の名を知っている？　わしのじいさまと一緒に、このお社で働いていた宮司殿だぞ」

「きょべっ？」

近くに居たおしろと屏風のぞきは、影内へ逃れようとして、互いに相手を止めた。現れた神職が、いつから拝殿の中にいたのか分からない。今までいた者が突然消えるのは、逃げられたとしても、かえって拙かった。

「あの、その……」

まさか、この神社の鈴だと名乗る訳にはいかない。言いよどむ鈴彦姫に代わり、世慣れたおしろが適当に言葉を継いだ。

「あのね、こちらのお嬢さんは、お鈴さんといいます。で、お鈴さんの……じいさまでいいのかしらね、その人が、この神社にいた星ノ倉宮司様に、お世話になったとか」

うん大丈夫、話に妙な間違いはないはずだと、おしろは頷く。

「ですが星ノ倉宮司は若くして、急に亡くなったでしょう？　お鈴さんのじいさまは、ずっとそれを気にしてた。で、宮司様をちゃんと弔うためにも、星ノ倉様について書かれたものがないか、探しに来たんですよ」

なぜ鈴彦姫が星ノ倉宮司を弔うのか、どうして書き付けが要るのか、聞いてもさっぱり分からない。おしろの話はなんとも妙なものだったが、屏風のぞきは横で、その通りだと頷いた。

「そうなんだ。でも今更、随分前に死んだ宮司様のことを調べたいと言っても、神社が承知してくれるはずもなし。それでだ、な」

見つかったら叱られると分かっていたが、拝殿に入り、星ノ倉宮司のことを調べていたと言葉をくくる。

「本当に申し訳ない。見逃してはくれないか」

いつになく、大真面目な口調で言い訳をする屏風のぞきの横で、鈴彦姫も慌てて頭を下げた。

「済みません。星ノ倉宮司のことが、気になっていて……」

謝っても、拝殿へ勝手に入り込んだ者を、神職があっさり許すはずがなかった。だから鈴彦姫は頭を下げつつも、仲間とどうやって逃げだそうか必死に考えていた。

（とにかく拝殿から出なきゃ。鳴家に、行李を落としてもらおうかしら。神職がそっちを向いて

いる間に、三人で外へ飛び出すの）

　そして、影の内へ逃れるのだ。

　だが、そんなことをしたら、盗人が入ったと大騒ぎになり、用心のため、夜も誰かがお社に詰めるかもしれない。

（星ノ倉宮司のことは、もう調べられなくなるわ）

　鈴彦姫は、泣きそうになったのをこらえ、袖内から鳴家を出し行李へ置いた。捕まって、若だんなへ迷惑をかけてはいけない。鈴彦姫は心に決めていた。

　だがその時。鈴彦姫は、不意に目を見開いた。驚いたことに眼前の神職が、それは嬉しそうな笑みを浮かべたからだ。そして鈴彦姫へ、宮司の月岡（つきおか）だと名乗ってきた。

「なんと娘御は、祖父殿の恩を返すために、わざわざ神社へ来たのか。いや、いきなり拝殿で見かけたので驚いたが、孝行娘だな」

「えっ？」

　祖父殿から星ノ倉宮司について、何か聞いているかと問われたので、少しならと頷いた。神職は益々嬉しげな顔になり、鈴彦姫の方へ手を差し出してくる。

「神は、五坂神社を見捨てなかった。娘御、我らも星ノ倉宮司のことを、長く調べておったのだ」

　実は、星ノ倉宮司が存命であったころ、五坂神社にあったものが、失せてしまっているのだという。だが今も見つからず、神職達は長い間、訳を探し続けているのだ。

「娘さんが、昔の事情を伝え聞いているのであれば、力を貸して欲しい。星ノ倉宮司もそれを喜ぶに違いない」

「本当ですか？　なら神社の中をもっと探してもいいですか？」

失せ物とは、多分金だと察しが付いた。月岡宮司の言葉に嘘はなさそうで、鈴彦姫は思わず神職の手を握り返した。若だんなと宮司の繋がりが分かるのではないかと、希望が出てきたからだ。

（目の前の宮司様と、星ノ倉宮司様がどんなお人であったか、その内話せるかしら）

そして、人の生まれ変わりについて語りたかった。人の姿だろうと、鳥だろうと、草だろうと、どんなものだろうと、命は引き継がれていくのだ。

（大切に思う気持ちは、巡ってゆくの）

若だんなといると、鈴彦姫はほっとする。訳もなく、毎日が大丈夫なのだと思える。きっと、他の妖達だってそうだ。だから。

（星ノ倉宮司も、安心できる方だったと思う。月岡宮司は、それを分かってくれるお人じゃないかな）

だが、鳴家と小声で話していたおしろが、するりと鈴彦姫の側に来て、一旦家へ帰ろうと言ってくる。

「もし五坂神社の神職方が、星ノ倉宮司のことを調べてもいいとおっしゃるなら、まずは、きちんとしてからの方がいいわ」

勝手をしたお詫びと、挨拶を兼ねた品を取りに、一旦帰ろうという。家に戻って、星ノ倉宮司のことを伝えた品がないか、祖父の遺品をもう一度確かめ、それから出直すのだ。

「月岡宮司、その方がいいですよね？」

「おお、祖父殿の品を探してから、また来るというのか。うん、そうしておくれ」

鳴家が素早く鈴彦姫の袖内へ戻り、鈴彦姫達は無事、五坂神社から出ることが出来た。

（自分がいる神社から出られて、喜ぶなんて変なの）

宮司から一応住まいを聞かれ、鈴彦姫が困ると、長崎屋近くの一軒家で一緒に暮らしていると、おしろが誤魔化してくれた。皆で長崎屋が見える所まで戻ったとき、鈴彦姫はちょいと首を傾げる。

「おしろさん、離れへ行っても、祖父の遺品を調べることは出来ませんよね。だって私は付喪神で祖父はいませんもの」

「そうね。でもああいう話をして、一旦帰らなきゃならなかったの。若だんなが小鬼を寄越して、帰ってきなさいと言ったから」

「若だんなが？」

鈴彦姫が目を見開いた時、いつもの離れが見えてくる。するとどこからか、小豆がゆの美味しそうな匂いが漂ってきた。

3

三人は、小豆がゆでお腹を一杯にしてから、再び五坂神社へ戻った。そして鈴彦姫と屏風のぞき、おしろと小鬼達は、鳥居をくぐった先にある社務所で、若だんなの友栄吉（えいきち）が作った辛あられを手土産として渡したのだ。

「神職方が喜んで下さって、嬉しいです。ええ、本当に美味しいんですよ。栄吉さんのお菓子ですが」

鈴彦姫は月岡宮司達に向かい、祖父が書いたものに、星ノ倉宮司の名はなかったが、聞き覚えていたことを、精一杯思い出したと伝える。

「星ノ倉宮司様は、優しい方だったそうです。そして沢山の金を使った細工物を、作っておいでだった」

「おお、伝えられている通りだ」

「やっぱり、少々体が弱かったと聞きました」

「お鈴さん、やっぱりとは？」

「いえその……」

「きゅい、きゅい」

鈴彦姫は次に、ある噂を口にした。

「あの、早死にした星ノ倉宮司は、隣の寺に葬られたんですよね。その墓に、ですね、幽霊が出るという話を聞きました」

実は鈴彦姫達が出かけている間に、若だんなが話を摑み、長崎屋へ帰ったとき伝えてくれたのだ。

正直に言えば、鈴彦姫は人ならぬ者であったから、幽霊はよく見たし、珍しくなかった。もし近くの寺に出ると聞いていても、行って、名前を確かめる事はしなかっただろう。

それでも一つ、分からないことがあった。

「月岡宮司、星ノ倉宮司は、何で幽霊になられたんでしょう？」

神に仕える身だったのに、何の心残りがあったのか。鈴彦姫が真剣な顔を向けると、社務所にいた三人の神職達は、顔を見合わせてしまった。

そしてじき、月岡宮司が静かに口を開く。

「星ノ倉宮司様が幽霊になったという噂は、本当です。実は五坂神社の神職は大勢、夜の墓で、星ノ倉宮司様の影のような姿を見ておりまして」

そういう身となった訳は、しかとは分からない。とにかく星ノ倉宮司が、奇妙な亡くなり方をしたのは確かだという。

「奇妙、ですか?」

屏風のぞきが首を傾げた。

「先刻、お鈴さんに話しましたよね。星ノ倉宮司が存命だった頃、この神社から無くなったものがあると」

それは。

「金粒ですよ。五坂神社では長年、神殿で使う細工物を作って、神社を続ける金を捻出しています。細工には金も使います」

星ノ倉宮司が存命の頃は、いまよりずっと内福で、金を多く使った高直な品を作っていたと、社務所に残る書き付けに記してあった。先ほど鈴彦姫が言った通りだったのだ。

「そのおかげで、この神社は潤っていたんです」

ところがあるとき突然、五坂神社でとんでもないことが起きた。仏具や神具を扱う店の手代が、五坂神社へ細工物を受け取りに来ると、大事が起きていた。

「星ノ倉宮司が、社務所の作業場で亡くなっていたのです。そして部屋から、細工に使う金が消えていた。宮司は、大きな神社から細工物の注文を受けていた。かなりの金があったはずと聞いています」

星ノ倉宮司の他に、五坂神社には二人の神職がいたが、たまたま用が重なったとかで、その日神社には居なかった。星ノ倉宮司はまだ若く、刃物などで殺されていた様子はなかった。

「医者が調べたが、どうやって死んだのか、はっきりしなかった。そういう亡くなり方を、していたんだそうです」

とにかく金が無くなったから、死体を見つけた仏具屋の手代は、当然調べられた。いや、神社に関わっていた者達は全員、寺社役付の同心の旦那の手で、改められたはずなのだ。

「だが刃物も毒も金も、出てこなかったと言います」

星ノ倉宮司の葬儀を済ませると、五坂神社には、難儀が降りかかった。

「金がなくなったので、請け負っていた金細工を作れなくなったんです」

一体、どういう細工物を作っていたのか、伝わっていない。五坂神社は、品物を納めるはずだった神社に詫びるため、社内のものを売って金を作った。神社は、その時貧乏になってしまったのだ。

そして。

「悪いことは、更に重なりました」

星ノ倉宮司は隣の寺に葬られたのだが、その墓に幽霊が出るようになった。

「宮司は、やはり殺されたに違いない。だから人殺しを恨んで、化けて出てきたのだ。そういう噂が立ちました」

気味が悪いと、社を支える氏子が減った。

「それから今に至るまで、うちの神社はずっと貧乏なんです」

月岡宮司が、そこまで語った時だ。社務所の外から声が掛かり、宮司の横にいた神職が外廊下に出て、訪れてきた商人に見える男と話を始めた。年配の男を鈴彦姫が見つめる。

(あ、時々見かける、怖そうな顔のお人だ)

商人は神職と、拝殿の方へ歩いて行く。月岡宮司が、二人の背を目で追った。

「情けないことに、神社は近年、本当に金に困っておりまして。今は社内の品を売って、何とかしのいでいるのです」

今来たのは古道具屋の笹川屋で、ありがたいことに、良い値で神社の品を引き取ってくれているという。

「数年前からのつきあいです。このままでは、拝殿にある鈴すら売らねばならない」

「ひええっ」

長崎屋の三人が、顔を蒼くして言葉を失うと、宮司は少し首を傾げ、今日古道具屋へ売るのは、文箱だと言った。

「この数十年間、神職達は折りにふれ、金探しをしたそうです。その気持ちは分かります」

宮司達に、細工師としての腕は伝わっている。失せた金が見つかれば、五坂神社は貧乏から抜け出せるに違いないのだ。

「数十年前に失せた金は、どこへ行ったのやら。袖や懐に隠せる量ではなかったはずです」

金だから結構かさばるし、ずしりと重い。持ち出すのは大変なのだ。

「五坂神社の中に、今もあっても、不思議じゃないですね」

まだ顔色を蒼くしたまま、おしろと屏風のぞきがつぶやく。

「何が何でも、直ぐにその金を見つけなけりゃ、拙いみたいだ。鈴彦姫が、神社から売り払われちまう」

最後の一言は消えそうに小さくて、神職達に聞こえたとは思えない。しかし鈴彦姫には聞こえ、身を震わせた。

（このままだと本当に、私危ないんだ。明日売られるか、一年後か、十年後か分からないけど。でも、安心してはいられないわ）

神社の金が尽きた日、鈴彦姫は売られて、若だんなから遠く離される。どこかの神社で使い回されるか……下手をしたら金物として潰され、この世から消えてしまうだろう。

長崎屋の面々が黙り込む中、月岡宮司が落ち着いた声で続ける。

「実はうちの神職達が、今も隣の墓地へ行っているのには、訳がありまして」

実は星ノ倉宮司の幽霊と、何とか話したいと思っているのだ。

「ひょっとしたら宮司が幽霊になったのは、金のありかを伝えたいからではないか。我らは、そう思い始めたんです」

「お、おおっ。そうだよ。金は星ノ倉宮司様が預かってたんだろ？　当人に聞けば、ありかは分かるはずじゃないか」

屛風のぞきが頷く。だが。

「相手は幽霊ですからね。ぼうっと透けた姿を目にした神職は多いし、私も、見てはいるんですが」

しかし、しかし。

「声を掛けても、返事はありませんでした。こちらの声が聞こえないのか、喋れないのか。とにかく、幽霊と話せた神職はいないんです」

「あれま」

ここで月岡宮司が、遠くを見るようなまなざしで言った。時が経っているし、消えた金粒は、もう戻ってこないかもしれない。しかし。

「どうして星ノ倉宮司が亡くなったのか。金はあの日、どこへ消えたのか。神職達はそれだけでも、知りたいと思い続けているんです」

ここで月岡宮司が、優しい笑みを浮かべると、鈴彦姫を見る。

「だから今日、拝殿でお鈴さんと出会った時、思わず甘いことを言ってしまいました。拝殿内で知らぬ顔を見た神職は、本当はもっと、厳しい態度を取るべきなんでしょうね」

だが今の神社には、金目のものはほとんど残っていない。物を盗まれると、用心をせねばならない理由を思いつかなかった。

「やれ、情けないです」

「……済みません、勝手に入り込んで」

「いえ、そんなに身を小さくしないで下さい。ああ、そろそろ昔話を終えねば、社で捜し物をする時間がなくなりそうだ」

　月岡宮司はここで、何冊かの書き付けを、鈴彦姫に見せてくれる。どれも、星ノ倉宮司の書き込みがある書だという。

「宮司について調べたいのなら、興味があるかと思いまして、出しておきました」

「まあ、嬉しい」

　書いてあることから、星ノ倉宮司と若だんなの繋がりが、見えてくるかもしれない。ゆっくり拝見したいと言うと、こんな品は売れないからと、借りるのを許してくれた。

　ならば離れで見ようと、屏風のぞきやおしろが、妙に気ぜわしく言ってくる。何か分かったら伝えると神職達へ言って、長崎屋の妖達は五坂神社を後にした。

4

　夕焼けの茜色が消え、夕餉(ゆうげ)が終わると、長崎屋の離れでは、部屋の間の襖を取り外して、二間を一続きにした。ある客がきたので、妖達が大勢詰めかけ、片方だけでは狭くなったからだ。

　寒いといけないと言い、佐助は若だんなを炬燵に放り込み、大きな綿入れを被せた後、部屋に火鉢を四つも置いた。すると離れに集まった妖達は、大福餅を焼き甘酒を温めて、皆で食べ始める。

　しかし客は、こんがりと焼けた大福餅を見るだけで、手を出したりしなかった。

「ああ、懐かしいお菓子ですねえ。ええ、私、好きだったんですが」

だが、今となっては食べることは出来ないと、客は苦笑を浮かべている。

「こう見えても、幽霊ですからね。食べるどころか、菓子を掴むことも無理です」

ちょいと寂しいですと言ったのは、五坂神社近くに出ると噂の、星ノ倉宮司の幽霊であった。

その少しばかり透けた姿を見て、側に座った鈴彦姫は、屏風のぞきへ大きく頷いた。

「そうか、幽霊は、私達となら話せますもんね。それで来て頂いたんですね」

神社で屏風のぞきとおしろは、直ぐにそのことに気がつき、長崎屋の離れへ戻ると、若だんなに知らせたのだ。何しろ気がついたら、ことは鈴彦姫の危機に化けてしまっていた。

「古道具屋へ、鈴を持って行かれる訳にはいかないよ。でも神社で使う大きな鈴じゃ、うちが買うというのも、なんだか妙だよね」

だから金が見つかって、五坂神社が立ち直るのが、一番いい。若だんな達はそのために、動き出したのだ。

「なのに仁吉ときたら、日の暮れた墓地へ行くのは寒すぎるって、私を止めるんだもの。でも幽霊さんは暗くなってからじゃなきゃ、姿を見せてはくれないし」

若だんなは星ノ倉宮司の幽霊へ、遅くに呼んで済みませんと謝る。幽霊は気さくに手を振った。

「お気になさらず。こうして部屋へ呼ばれるのは久方ぶりで、嬉しいですよ」

ただ。若だんなが炬燵でため息をついた。

「甘かったねえ。幽霊になった宮司様にお尋ねすれば、全てが分かるはずだったんだけど」

星ノ倉幽霊は頷き、申し訳ないと言ってから、若だんな達を見た。

「ですがねえ。仮に数十年前のあの日、助かっていたとしても、私が金の行方を知るのは、無理だっただろうと思いますよ」

星ノ倉幽霊は火鉢の前で、亡くなったあの日を語り出した。

「死んだ時、いつものように細工物を作ってました。かなり沢山の金を使う品だったと思います。急ぎの仕事ではなかったのですが、私は体の調子が悪くて、作るのが遅れていた」

星ノ倉宮司は、本当に若だんなと同じく、病弱であったのだ。そして急ぐ仕事のために無理をし、あの日を迎えてしまった。

「社務所で働いていたら、不意に目の前が揺らぎました。はい？　いいえ若だんな、誰も側にはいませんでした」

あの時は何も食べていないし、飲んでもない。ただ苦しかった為か、当時のことはぼやけてしまい、よく覚えていなかった。

「そうですね、私は病で死んだのでしょう」

しかし星ノ倉宮司は一人きりで身罷ったので、死体を見て、それが分かる者はいなかったのだ。

「私が最後に見たのは、金の輝きだったと思います。つまり、この身が死んだ時には、社務所に金はあったんです」

そして葬儀が終わり、野辺送りが済み、星ノ倉宮司はある日、己が幽霊となったことを知った。やがて星ノ倉宮司の墓へお参りに来た者達が、金が失せ、五坂神社が困っていることを、墓の前で話していった。

「ですから、その間に社務所で起こったことを、私は知りません。死んだ私の近くから金が無くなったとしても、誰が持って行ったのか、私には分からないんです」

ここで鈴彦姫が甘酒を手に問うた。

「あの、なら宮司様は、どうして幽霊になったんですか？」

殺されたのではないし、金を盗まれる場を見て、悔しかった訳でもない。星ノ倉宮司をこの世に止めたものは、何なのだろうか。

「そういえば、そうですね。人ならぬ者と化すための力の元は、何だったのでしょう」

仁吉や若だんな、妖達が、星ノ倉幽霊を見つめる中、何度か首を傾けた後、幽霊の宮司は眉間に皺を寄せつつ言った。

「そう……何か、言い残さなきゃならないことが、あった気がします」

死にそうになった時、もし己の側に人がいたら、何としても伝えたい言葉だ。

「それを言わなきゃって思って……どうしても、言っておかなきゃと考えて……」

そして。星ノ倉宮司は一つの思いだけで、人と、人ならぬ者の間に流れる川を、飛び越してしまったのだ。

「その境は思いの外、細いものなのかもしれませんね」

部屋内に居る妖達の声が、このとき揃った。皆の目は、きらきらとしている。

「なら星ノ倉幽霊さん、残したかったその言葉って、何なんです？」

すると、幽霊はいささか腰を引きつつ、急いで済みませんと謝ってきた。

「その、分からないんです」

「はぁ？　本当なのか？　幽霊は小鬼より、阿呆ってことになるぞ」

「きゅわ？」

「その、先ほども言いましたように、死にかけて苦しかったんで。その時のことは、よく覚えていないんです。ですが、その」

忘れてはいけないので、前にどこかへ書いておいたはずと、星ノ倉幽霊は言い出した。しかし幽霊になってみると物を摑めないから、社務所に入り込み、残された書き付けを、確かめることも出来なかったのだ。

佐助が怖い顔つきとなった。

「分からないままじゃ、若だんなが心配なさるじゃないですか！」

「きゅべーっ」

「佐助、そういう強面の顔、怖いよ」

若だんなは手を振り話を止めると、畳の上を指した。そこには鈴彦姫が五坂神社から借りてきた、書き付けの山があった。

「星ノ倉宮司が関わった書き付けを、月岡宮司が貸して下さったんでしょう？　星ノ倉宮司が、心にかかっていることを書いたなら、この中にあってもいいはずと思うんだけど」

「……そういえば、これがありましたね」

妖達の手が、書き付けへ一斉に伸び、手分けして、気になる言葉がないかを探してゆく。星ノ倉幽霊が自分の字を教えると、読む仕事は一気に進んでいった。

「あ、あった。変な言葉の走り書き！」

妖達から声が上がる。

「〝大根、安かった〟違う？　〝神具が来た〟関係ない？　そうですか」

「〝飾り金具〟〝三日後、取りに行く〟〝お祝いあり〟星ノ倉宮司、あちこちに走り書き、してますね」

「きゅべ、お菓子のこと、書いてない」

献立の本もあると、鈴彦姫が笑った。その中にも、書き込みがあった。

「〝けさはめざし〟。今朝は目刺し、という意味かしら。次の一言、分からないですね。〝きんむくだからきをつけて〟」

「へっ？　なんだ、そりゃ」

「きゅげ？」

部屋中の目が、幽霊を見つめる。若だんなが甘酒を置いて、料理本を覗き込んだ。

「〝きをつけて〟は、もちろん〝気をつけて〟という意味でしょう」

よって残りの言葉は、〝きんむくだから〟となる。となると。

「星ノ倉宮司は日頃、細工物を作ってたんです。つまり残りの言葉はきっと、〝金無垢だから〟ですね」

「お、そうか。若だんな、その通りです。私はきっと、そう考えてたに違いない！」

幽霊の言葉を聞くと、若だんなに焼けた大福を差し出しつつ、仁吉がにこりと笑う。

「金無垢……つまりそれは、金を表に貼った品ではなく、全部金で出来た品のことですね」

だが。妖達が騒いだ。

「どうして金無垢だと、気をつけなくてはならないんでしょう？」

「金の箔を貼った品と、値段がまるで違います。間違えるなってことじゃないですか」

「おおっ、ならばならば、神職方が探しているのは、その金無垢の品ですね！」

それを見つければ、五坂神社は、無くした金を取り戻せるのだ。つまり鈴彦姫は、売られずに済む。大勢の妖達が、星ノ倉幽霊を見つめた。

「で、その品はなんなんです？」

ところが。皆の目の輝きは、あっという間に薄れ、消えていってしまう。ここで星ノ倉幽霊は長崎屋の皆へ、反対に問うたのだ。

「あの、今見た書き付けの中に、ついでに書いてなかったんですか？」

「無い！　そんな一文があったら、小鬼でも騒いだはずだ」

「あれま、残念。じゃあその……その答えも、私には分かりません」

長崎屋の面々が顔をしかめた。

「星ノ倉幽霊さん、このままじゃ、鳴家に馬鹿にされるぞ。宮司様なのに」

「きゅい、幽霊は阿呆」

炬燵の上で大福を食べ終わった小鬼が、何故だか仁王立ちとなって威張る。そして、ばくりと幽霊を齧ろうとし、空振りして畳に落ちた。

5

「拙いです、大いに拙いです。若だんな、五坂神社で大事が起きました」

離れの障子を引き開け、悶っ引きのような調子で話し出したのは、星ノ倉幽霊だ。

三日前、離れへ来た日から、幽霊は若だんなや長崎屋の皆と組んでいた。もちろん、金無垢でできた〝何か〟を探すためだ。

もし金無垢の品が見つかれば、神社が助かり、星ノ倉幽霊も安堵して、成仏出来るというものであった。そして付喪神である鈴彦姫の本体、鈴が売られることもなくなる。

だが若だんなは鈴彦姫へ、怖がらないよう、ちゃんと言ってくれていた。

「鈴彦姫、金が見つからなくても、心配しなくてもいいよ。神社が本当に鈴を売るって決めたら、何か言い訳を考えて私が買うから」

庭にある稲荷神社で預かって貰おうと言われ、鈴彦姫はとりあえず、ほっとしたのだ。

ところが。ことは思わぬ方へ向かってしまった。

「大変だ、五坂神社が、社内に残っている、ご神体以外の売れる品を、全部売り払うと決めたみたいだ！」

「は？　昼間、神職様達は、そんな話などしてなかったぞ」

屛風のぞきが言えば、他の妖達も頷く。長崎屋の面々は今日も、影内から五坂神社へ入って、金無垢を探していたのだ。

ところが何も探し出せないでいる内に、思いがけない伏兵が、無茶を言い出していた。

「古道具屋の笹川屋が、騒ぎの元です。急に、社内の品をそっくり買いたいと、話を持ちかけたようで。このままじゃ、いずれ神社に、売れる品がなくなるからって」

五坂神社には、高価な品を作る技が伝わっているのだ。ならば今、まとまった金を手に入れ、もう一度立派な細工物を作ってはどうか。その方が神社の先々には良いと、笹川屋は勧めたらしい。

「あの店は数年前から、良い値で神社の品を引き取って、神職達の信頼を得ています。それで皆、その気になったみたいだ」

しかしおしろは、笹川屋は信用出来ないと言い出した。

「神職は、神社には既に、ろくな品が残っていないと言ってたのに。何で今更、残り物を引き取ると言うんでしょう」

商人が儲からないことをするとは、考えにくいのだ。すると仁吉がここで、にこりと美しい笑いを浮かべ、炬燵に放り込まれている若だんなを見つめる。

「若だんな、商人としての問いです。笹川屋という商人は、どうして残り物を全部、買う気になったのでしょう。そして今までにも、妙に高い値で神社の品を引き取っていたようですが、何故でしょうね」

立派な商人として育てたいからか、兄や達は時々不意に、こういう質問を若だんなへ向ける。時と場を選ばず、何か大事なことをしていても、お構いなしであった。

「あ……始まった」

若だんなはそんな時、なるだけ早く、正しい答えを返すようにしている。そうすれば早く質問を終わらせ、大事な事へと戻ることが出来るからだ。

「さて笹川屋さんと神社は、数年前からのつきあいだと言ったっけ。特別なつながりがあると、神職方は話してなかったよね。じゃあ義理か恩があるんで、古道具屋が余分な金を渡してた訳じゃないな」

ならば笹川屋は、真っ当に儲けようとしているのだろう。

「でも五坂神社は貧乏だ。一体神社から何を手に入れれば、笹川屋は儲けられるのか」

この答えは簡単だと、妖達が騒ぎ出す。若だんながにこりと笑うと、皆が一斉に答えを口にした。

「あの神社にある金目のものといったら、一つしか思いつかない。数十年前に消えた、金無垢の何かだ」

「ご名答！」

仁吉はにやりと笑った。

「数十年前に起こった話ですが、星ノ倉宮司が幽霊になり、長く騒がれている。一緒に金の噂も伝えられているのでしょう」

「笹川屋さんは、その金を手に入れたいんだね。神社の残り物なら、安い。思い切って全部買えば、その中に必ず、金無垢の品が混じっていると考えたんだ」

若だんながさっと、鈴彦姫を見た。

「どうしよう。そういうことなら、鈴彦姫の鈴だけ売って下さいと言っても、笹川屋さんは、うんと言わないよね」

それどころか、長崎屋がどうして鈴にこだわるのか、疑いの目を向けてきそうであった。

「鈴彦姫の鈴が、星ノ倉宮司が残した金かもしれないと思って、溶かしてみるかも」

「きゃああっ」

悲鳴をあげた鈴彦姫を、おしろが慌ててなだめる。

「鈴彦姫さんは、星ノ倉宮司が作ったんじゃないから、金無垢じゃありません。大丈夫ですよ」

鈴彦姫は付喪神だから、本体の鈴は既に百歳を超えているのだ。そして星ノ倉宮司が金無垢で何かを作ったのは、亡くなった頃。数十年前の話であった。

「その金無垢は若いから、どんなにいい細工物でも、まだ付喪神になれてないはずです」

おしろが言うと、妖達はその通りだと頷いたが、若だんなは兄や達と目を見合わせた。

「付喪神の理を知っている人は、ほとんどいないと思うよ。それに笹川屋さんへ、五坂神社の鈴は妖になってるなんて、言えないでしょう?」

だから。

「鈴彦姫、心配しないで。本当に危なくなったら、私も腹をくくるから。売るより高い代金を神社へ置いて、代わりに鈴を、長崎屋へ避難させる!」

妖達が、力を貸してくれるはずと若だんなが言うと、離れに集まった皆が頷く。盗人と言われかねないが、若だんなが自ら動くことはないからか、兄や達も不思議と反対をしない。

屏風のぞきは、ならば今、鈴を持ち出してきてもいいじゃないかと言い出した。

「若だんな、鈴彦姫が安心するよ」

「でもねえ、鈴彦姫は五坂神社で、おしろと一軒家に住んでいるって、言ってるよね?」

怪しい者が神社を訪れた後、神社から物が消えたら、おしろや鈴彦姫が疑われかねない。妖達が集う一軒家が見張られたら、先々都合の悪いことが起きるに違いなかった。

「なるだけ、穏便にことを進めなきゃ」

「確かに」

皆は、これからのことを急ぎ決めた。

「金無垢の品を、こちらが先に見つければいい話だ。それで皆、助かる」

もちろん見つけたら、酒宴をすると若だんなは約束した。お菓子も沢山買うのだ。

「きゅい、きゅい」

何をするか分かっているのか、鳴家が一番に手を上げ胸を張った。

6

長崎屋の離れでは妖達がまた、本のように紐でとじた書き付けと、格闘を始めた。

しかし今回見ているのは、先に鈴彦姫が神職から借りた書き付けではない。五坂神社に残っていた、細工物の売買の勘定を記入した元帳で、数十年ほど前の代物だ。長崎屋でいうなら、売り買いを書き記した、大福帳のようなものであった。

若だんなは、神社にあった数十年前の元帳を、妖達に頼み、影の内から借りてきて貰ったのだ。

「こんなものを何で読みたいのか、神職に事情を話せないから、こっそり借りてしまったけど。五十年も昔の元帳なんて、今は見る人もいないだろうから、いいよね」

若だんなはその元帳を並べると、後で返しておくという妖達に、頼み事をした。

「五坂神社が注文を受けた細工物で、星ノ倉宮司が亡くなったとき、まだ注文主へ引き渡していない品があるはずだ。それが何か、知りたいんだよ」

つまり代金を貰っていないものだ。そういう品の一つが、消えた品、金無垢で出来た細工物に違いなかった。

しかし元帳を見た途端、妖達からうんざりとした声が上がる。

「細工物の売買も、平素神社で使う品の購入も、一緒に書き込んであるぞ」

おかげで帳面は山ほどあった。見ただけで屏風のぞきは、眉尻を下げた。

「若だんな、帳面をめくるより、貧乏神の金次さんに頼んで、笹川屋を潰してもらおうや。それが一番手っ取り早くて、確かなやりかただ」

店が潰れれば、神社の物を買う金が無くなるから、鈴彦姫が買われる心配が消える。屏風のぞきはそう言ったが、若だんなは頷かなかった。

「笹川屋さんが買わなくても、神社は別の古道具屋へ売ると思うよ。お金がないんだから」

やはり何とか金を取り戻し、神社が以前のように高直な細工物を作れるようにならなければ、安心は出来ないのだ。

「えーっ、面倒だよ……」

文句を言う屏風のぞきの横で、驚いたことに鳴家は、鈴彦姫と組んで、さっさと元帳を調べ始めた。帳面をめくるのは鳴家、中を確かめるのは鈴彦姫と、上手く分けて働き出したのだ。

「おやま、屏風のぞきさんてば、鳴家より役に立っていないですね」

火鉢の横で、場久(ばきゅう)が遠慮なく言うと、屏風の付喪神は顔を赤くし、黙ったまま元帳と取り組み始める。そしてじき、数十年の時をまたぎ越し、細工物の売買が皆に見えてきた。

「きゅい、不思議」

「あらま、五十年以上前の売り買いでも、分かるもんですね」

騒ぎが起こった為か、代金が払われなかった品は結構あった。その品の記録を、若だんなが一枚の紙に書き出し、皆へ見せる。

「神職がやっている取引だから、やはり神社の錺金具の売買がほとんどだね」
一、神殿扉の金具、六葉金具などの金具。
二、神鏡を立てる雲形台。
三、神社でよく見かけるあの大きな鈴、本坪鈴。
四、沢山の小さな鈴が付いていて、巫女が舞うときなどに使う、神楽鈴。
五、金幣。
そういったものが並んでいた。

「きんぺいって、何なんだ？」

屏風のぞきが問うと、物知りの仁吉がよどむことなく答える。竹や棒の先に、金銀の紙垂を挟んだものであった。

「紙垂……？」

「しめ縄などに、四角が連なったような形の紙が、付いてるだろう？　あれだ」

「神社の物は、名が分からないよ」

若だんなは笑ってから、紙に目を落とす。

「この中で……結構な量の金を使うことが出来る品は、どれかな」

すると仁吉が真っ先に、錺金具は違うだろうと口にした。建物の飾りに使われている金具は、大きくて金色をしていても、余り金は使っていないのだという。

「ああいう飾りは鍍金……つまり薄く金を貼り付けて、金色にしているものです」

皆が頷き、若だんなが、一の金具は違うとして消した。そして次に五の金幣を指す。

「金幣の注文は二つだけだ。本物の金で作ることも出来るだろうけど、薄い品だね。金は大して使わないだろうと思う」

仁吉が頷き、残りは三つとなった。鈴彦姫が眉尻を下げ、それらを見比べる。

「二と三と四は、金無垢で作ると結構金を使う品ですね。神楽鈴は十本も頼まれてるし、雲形台や本坪鈴はかなり大きい」

屏風のぞきが言うと、ここで鈴彦姫が、三は違うと言い切った。

「本坪鈴の私は金無垢じゃありません。高いから、金では作ってもらえなかったのかな」

鈴彦姫がしょげると、若だんなが苦笑を浮かべた。

「鈴彦姫、小判を持ったことある？　金は本当に重いんだ。金無垢で出来た大きな鈴が、神社の屋根近くに吊してあったら、万一落ちたとき怖いよ」

一撃で頭を割る、怖い武器となりかねない。

「鈴彦姫は今のままが、いいと思うよ」

「若だんながそう言って下さるなら、私、このままで良いです」

鈴彦姫がぽっと頬を染めた向かいで、佐助が残りの二つへ目を落とす。

「雲形台と、神楽鈴ですかね」

ここまで絞れたなら、後は五坂神社へ行き、見て確かめた方が早い。すると、三匹の小鬼が立ち上がった。

「きゅい、鳴家、一番に見てくる」

人からは見えないのを良いことに、さっと影の内へ消える。

「鳴家、もし金色だったとしても、金無垢とは限らないよ」

若だんなの声が後に残ったので、おしろが苦笑と共に立ち上がり、庭に向いた離れの障子戸を開けた。

「私が跡を追いましょう。五坂神社はすぐそこだから……」

だが言いかけた言葉を、おしろは途中で切った。長崎屋の庭に、先に五坂神社で会ったことのある二人が、顔を見せていたのだ。

7

「お客さん、勝手に奥へ入っては困ります」

長崎屋の小僧を困らせていたのは、笹川屋と月岡宮司であった。兄や達が怖い顔になった横で、神社から拝借してきた元帳を手に、妖達が影内へ消える。

若だんなが妖らと、落ち着いた顔で外廊下へ出ると、まずは月岡宮司が、残っていたおしろへ頭を下げてきた。

「急に来て済みません。その、笹川屋さんが、一軒家の方に会いたいと言いまして。今、長崎屋にいると聞き、こちらへ来たんです」

五坂神社に残る品物を買う笹川屋は、数十年前の元帳を見たいと言ったらしい。だが、神社の内に見当たらなかったのだ。

ここで笹川屋が、機嫌の悪い声を出した。

「神職さん方は古いものだから、どこかへ紛れたんだとおっしゃる、だがね、私は神社へ来たお前さん達が、持って行ったんじゃないかと思うんですよ」

何しろ、近所の一軒家から来た三人は、いきなり拝殿に入り込んでいたというのだ。

「神職さんは、盗られるものなどないと言って、笑っていなさるが、泥棒には用心しないと。五坂神社には、金無垢が隠されているという言い伝えも、ありますからな」

「おや、おしろ達を疑っているんですか」

拝借した元帳は、今頃妖達が戻していると思ったので、若だんなはもう一度神社を調べてみるようにと、笹川屋へ勧めた。

「古い品はあちこち、置き場所が変わったりします。なんなら長崎屋の者も、探すのを手伝いますよ」

この機会に、一度神社の内を見ておこうと思ったのか、若だんなが言葉をむける。だが笹川屋は、もの凄く険しい顔になった。

「あんた、あんたも金無垢を狙っている一人なのか。五坂神社の品は、うちが買うんだ。勝手はさせんぞ」

「あのぉ、今、神社の内に金無垢が見つかったとしたら、それは五坂神社のものですよ」

金無垢が残っていたら、五坂神社は立ち直れる。もう、神社に残った物を売る必要は、なくなるのだ。

鈴彦姫がここで、月岡宮司へ目を向けた。

「その、全部品物を売る前に、もう一度神社を調べさせて頂けませんか。今も社に金無垢がある
なら、星ノ倉宮司様は神社のために、使ってもらいたいはずです」

末だ、星ノ倉宮司と若だんなの繋がりは見えてこない。だが若だんなが、金無垢は神社のもの
だと言っているなら、そうなって欲しかった。

しかし笹川屋の機嫌が、酷く悪くなる。

「幽霊がどう思ってるかなんて、誰にも分かりゃしないよ。とにかく神社の品物は、うちが買う
んだから、笹川屋のものだ」

笹川屋が言い切った途端、月岡宮司がため息をつき、鈴彦姫を見た。

「そういうわけですので、お鈴さん、もし五坂神社で捜し物をしたいのなら、売る前にして下さ
い」

「は？　宮司様、この怪しい者達を、また神社へ入れるんですか！」

「笹川屋さん、まだ残り物のお代は頂戴していません。だから、そちらには迷惑をかけたりしま
せんよ」

月岡宮司は笑う。ただ、売るのを止めることは出来ないと、鈴彦姫へ言った。

「何をするにしても、急いで下さい」

「あの……やっぱり鈴も売るんですか？」

「あんたたち、鈴を気にしているのか。なら、それは笹川屋が、一番に買わせてもらう」

商人の言葉を聞き、鈴彦姫が総身を震わせる。若だんな達は、素早く目を見交わした。

「こうなったら仕方がない。無理矢理にでも、事を押し通す！」

若だんなはそう言うと、宮司に勧められるまま、鈴彦姫、おしろ、屏風のぞきと共に、五坂神社へ向かった。鈴彦姫のことが、待ったなしとなったから、若だんなを止められない。よって当然、兄や達も従った。

昼間だから、そっと鈴を持ち出すことは無理だ。宮司や笹川屋の後を歩きつつ、妖達は何をすべきか小声で話しあった。

「若だんな、鈴の場所だけ確かめておいて、夜になってから、我らが運び出せばいい。簡単じゃありませんか？」

屏風のぞきが言ったが、若だんなは首を横に振る。

「笹川屋さんは、神社のことに口を突っ込む我らを、競争相手だと考えているみたいだ」

長崎屋が興味を持つ鈴が無くなったら、若だんな達が盗んだと言われかねない。

「だから鈴彦姫の鈴だけは、ちゃんと神職から買い取ることにする。何で突然、神社の鈴が欲しくなったのか、苦しい言い訳をすることに、なるだろうけど」

宮司や笹川屋に、鈴は金無垢ではないことを確かめてもらった後で、それ相応の値で引き取るわけだ。

「鈴自体は、そんなに高直なものではないし。金無垢でないと分かれば、笹川屋さんも諦めてくれると……大丈夫かな」

「若だんな、五坂神社は随分遠いですね。そろそろ疲れたりしませんか？　駕籠を呼びましょうか？」

仁吉が顔をしかめた頃、神社の鳥居が見えてくる。社務所に入ると、残っていた神職達が現れ、探していた元帳が見つかったと言ってきた。笹川屋と月岡宮司は、社務所の奥へと駆けて行く。

「さて、これでしばらく勝手に動けるね」

残された若だんな達は鈴彦姫と、鈴が掛かっている拝殿へ向かった。すると参道で、先に五坂神社へ向かっていた小鬼達が、若だんなの袖内に帰ってくる。

そして明るい声で、とんでもないことを告げてきたのだ。

「きゅい、若だんな。鳴家は頭が良いから、すぐに分かった」

何が分かったのか。何故だかしばし考えた後、小鬼達は嬉しげに後を続ける。

「きゅべ、鏡の台、雲形台。金じゃなかった」

神社には台が、幾つもあった。だが。

「全部、木だったの。きゅわ、軽い。打ったらこん、こん、木の音がした」

「おや、ま。雲形台も違いましたか」

では残った四番、神楽鈴が金無垢であったのかと、皆が納得する。だがそのとき、小鬼達は勢いよく首を横に振った。

「神楽鈴、五坂神社に、ない」

「無いって……一つもないのか？」

「きゅい、なかった」

仁吉が直ぐ、訳を思いついた。

「神楽鈴は、売りやすかったんでしょうか。とっくの昔にお金に代わったんだ。ここにはないんですよ」

おしろが目を見開く。

「えっ？　じゃあ、金無垢だとは知らずに、神楽鈴を売ってしまったの？」

今度は若だんなが、否と口にした。

「言っただろ、金はとても重いんだ。もし神楽鈴が金無垢だったら、売るために手に取った時、神職方は気がついたに違いないよ」

五坂神社では昔、金粒が無くなっているのだ。金色の品が並外れて重かったら、本物の金ではないかと調べてみるに違いない。

「神楽鈴は、ただの鈴だったと思う」

「じゃあ金無垢の品は、どこにあるんでしょう……」

誰も答えられないまま、長崎屋の面々は鈴彦姫の鈴が下げられている拝殿へ着いた。とにかく今日は金を探すより、まず鈴彦姫の鈴を、助け出さねばならなかった。

「ああ、あれなんだね」

拝殿正面の、賽銭箱の上辺り。しめ縄が掛かっている手前に、大きな鈴が太い縄を使って下げられている。鈴は高い所にあるので、一見分からないが、鈴彦姫に聞くと、人の頭くらいの大きさがあるという。

「鈴は輪の金具に、引っかけられているだけです。大雨の時とか、用心のためにとか、拝殿に仕舞われることもありますので」

　本坪鈴の両側にも似たような縄が下がっていて、そちらには紅白の布と、拳ほどの鈴が付けられている。

「さて、どう言ったらこの鈴を突然買いたくなったと、神職や笹川屋さんに納得して貰えるかしら」

　神社へ参拝に来て、突然拝殿前の鈴が欲しくなる者は、余りいないに違いない。若だんなが悩み始めると、妖達から勝手な声が上がった。

「若だんなは病弱です。小判が重くなったんで、鈴と取り替えることにした、とか？」

「屏風のぞき、兄やに紙入れを預ければ、済む話だと思うよ」

「金で苦労している神社を助けるため、若だんなが神社の品を一つ、奮発して買うことにした。そう言えばどうです？」

　佐助が言ったように伝えれば、神職達は喜んでくれるだろう。ただ。

「笹川屋さんは、きっと何か、からくりがあるのではと、凄く疑ってくるだろうね」

　さらりと買えるかどうか、怪しい。

「きゅい、思いついた。鈴、壊しちゃうの。弁償だから、買うの。どう？」

　小鬼達は名案だと、堂々と言う。しかし鈴彦姫は鳴家のお尻を、ぺしりと叩いた。

「壊れたら私、死んでしまいます」

「じゃあ、おしろの、この考えはどうです？　鈴を落とし、傷付けたことにするんですよ」

　本当に、下へ落とさなくてもいいのだ。若だんながお参りした時、たまたま鈴が外れ、落ちてしまったことにすればいい。

「これから神社が売るつもりの品を、損ねてしまった。だから鈴だけは、長崎屋で引き取ります。神職へそう言うんだね？」

この言い訳ならば通りそうだと、若だんなが頷き、鈴彦姫とおしろが、さっそく社務所へと走る。上手くいくよう、妖達はまず神頼みをしようと、鈴彦姫の鈴を明るく鳴らした。

しかし屏風のぞきが直ぐ、鈴の縄にぶら下がって遊び始めた鳴家へ、文句を言い出した。

「こら、小鬼。お前がそんな所にいるから、小さい鈴が鳴らないじゃないか」

「きゅい、鳴家悪くない。屏風のぞき、鳴らすの下手」

「なんだとっ」

しかし妖達の言い合いは、早々に止まった。何故だか、顔を赤鬼のようにした笹川屋が、拝殿前へ駆け込んで来たからだ。

8

「長崎屋、お前達、わしの金を盗む気だなっ」

若だんなと向き合った時、笹川屋は既に、頭から湯気を立てかねないほど、怒っていた。後ろから走ってきた、神職達や鈴彦姫らが止めに入っても、聞きもしない。

「勝手に鈴を買う？　だが、そうはさせん。この神社の品は、全てわしのものだ！」

すると仁吉がやんわり、否と言い出した。

「まだ神社の品は、売買されておりません。宮司が言いましたよね。笹川屋さんはまだ、神社へ代金を払っておりませんと」

笹川屋は、益々不機嫌になった。

「わしは誤魔化されんぞ。そうだ、買い取りたいという拝殿の鈴こそが、金無垢なんだろう。そうに違いない！」

「えっ？　金が見つかったのですか？　五坂神社が失った金粒は、あの本坪鈴になっていたのですか？」

月岡宮司が真剣な顔で拝殿を見る。だが若だんなは眉尻を下げ、本坪鈴は金ではないと言い切った。

「参拝に来た方々が、毎日鈴を鳴らしておいでてでしょう。金無垢ならば、他の神社の鈴と音が違います。とっくに気づいてますよ」

「そっ、それは。そんな話は……聞かなかったですね。そうか……あれは金無垢ではないんですか」

一度輝いた月岡宮司の目は、あっという間に下を向いてしまう。だが笹川屋は、納得しない。

「長崎屋は金無垢を見つけたんで、誤魔化しておるのだ。金を自分のものにする気だ」

何としても引かないので、皆がうんざりして目を逸らすと、余計腹が立ったらしい。笹川屋は拝殿前へ駆け寄り、そして。

「金で出来ているかどうか、手に取って確かめる。ほら、落ちろっ」

大声と共に、魂消るほど大きく腕を振り、本坪鈴を揺さぶったからたまらない。鈴が外れて落ちる前に、縄に登っていた小鬼達が、天辺の辺りから沢山吹っ飛ばされた。

「きょぎゃーっ」

人に聞こえても構わず、大きな悲鳴が上がると、両脇の縄に登っていた小鬼達が怒り、小さな鈴を外して、笹川屋へ投げつけようとする。ところが、小鬼の小さな手では無理だったのか、なかなか上手く外せない。その内小鬼達は、縄を引っかけてある金具の方を外し、笹川屋の上へ落とそうとしはじめた。

しかしそちらも、妙に上手くいかない。沢山の小鬼達が、必死になっているのが見えた。

「ありゃ？　小鬼達は小鈴の付いた縄一本外すのに、何でああも難儀してるんだ？　引っかけてあるだけだろ？　堅いのか？」

まあ、脇にある鈴を鳴らす者は、余りいなかろうから堅いかもと、屏風のぞきが首を傾げる。途端、若だんながはっとし、大きく目を見開く。そして、未だに縄へ組み付いたままの笹川屋へ、慌てて声を掛けたのだ。

「拝殿から離れて下さい。危ないですっ」

「お前達に、金を渡すものかっ」

もうそのことしか頭に浮かばぬらしく、笹川屋は縄を摑んだままでいる。

すると、その時。

「きゅわきゅわきゅわーっ」

雄叫びと共に、縄が外れた。落ちるとき、弾みで沢山の鳴家が、弾かれて境内に散らばる。太い縄はしなって、一旦本坪鈴にぶつかり、鈴彦姫も悲鳴を上げた。縄は次に、笹川屋のいる方へと向かう。

その時だ。小さな鈴が、笹川屋の頭へぶつかったのだ。

ごんっ。

笑えるほど、はっきり痛そうな音がしたと思ったら、笹川屋が鈴付きの縄と一緒に、拝殿前に倒れる。そしてどちらも、それきり動かなかった。

月岡宮司は呆然としたまま動けず、その様子を見つめている。仁吉が落ち着いた顔で笹川屋を確かめ、生きてますよと言った。

「しかし、鈴一つが頭を打っただけでしたよね？　よほど、打ち所が悪かったんでしょうか。見事に伸びてますよ」

ここで若だんなが大きく息を吐くと、まずは鈴彦姫を見た。

「あのね、一つ確かめたいんだけど、こちらの小さな鈴と本坪鈴は、一揃いで使うものじゃないよね？」

「ええ違います。小さな鈴は、後で付けたものですし。本坪鈴より、ぐっと新しい品のはずです」

当たり前のことで、いちいち言うまでもないことだと、鈴彦姫はあっさり口にした。すると兄や達は目を見張り、妖達は首を傾げ、神職は眉根を寄せている。

若だんなはここで、笹川屋が身をもって示した事実を告げた。

「この小さな鈴、見た目よりとんでもなく重かったようです。で、それを頭に受けた笹川屋さんは、伸びてしまったんですよ」

つまり、拝殿前にずっとあった鈴は。

「これが、神社から無くなった金だと思います。星ノ倉宮司が、死ぬ直前に作っておいでだったのは、沢山の小ぶりな鈴だったようです」

重いからか上手く鳴らないようで、脇の鈴を鳴らそうという者は、ほとんどいなかったに違いない。それで今まで長く、分からなかったのかも知れなかった。

「なんと……」

月岡宮司は動くことも出来ず、転がった沢山の鈴を見つめている。

若だんなは、ここからの話は、己の勝手な考えだと断ってから、立ち尽くす月岡宮司へ思いつきを告げた。何しろ数十年前の話だから、後は頭で考えた話で繋ぐしかない。

「星ノ倉宮司は、病で急に亡くなられた。それを見つけたのは、手代さんでしたね？」

神社が細工物を納めていた、仏具屋だ。その手代は死体を見つけ、その側に、金無垢の品があることも知ったのだ。

「欲しいと思ったんでしょうね。でも鈴は沢山あって酷く重いし、星ノ倉宮司は死んでいる。下手に持ち出して、万一見られたら、人殺しだと思われかねない」

だから。できあがっていた鈴を、その手代は大急ぎで、拝殿にあった縄へ結わえ付けたのだ。本坪鈴の両脇にあった、紅白の布だけが結びつけられていた縄だ。

「拝殿ならば神職に断らなくとも、参拝出来ますから」

だから事が収まって、下手人に間違えられることが無くなったら、金無垢の鈴を盗りにくる気だったのかもしれない。

ところが。

「その後、亡くなった星ノ倉宮司が、幽霊になったという話が広まりました。実際、その姿を見た人も多かった」

もしかすると、その手代も幽霊を見てしまい、怖くなって、もう五坂神社には近寄らなかったのかもしれない。そうして金無垢のことは、誰も誠の話を承知しないまま、不思議な噂話に化けてしまったのだ。

月岡宮司は、墓のある方へ目を向けた。

「星ノ倉宮司が、金を守ったんですね」

「この話が真実かは、分かりません。例えばこの考えが本当なら、拝殿で急に、鈴の数が増えたことになります。なのに、なぜ当時の神職方が何も言い出さなかったのか。話の奇妙なところですね」

神職達の中にも、金無垢と欲に振り回された者がいたのだろうか。ならばなぜ、今も残っているのか。鈴彦姫が当時、既に付喪神になっていれば、もっと詳しく分かったかもしれない。だが鈴彦姫はあの頃ただの鈴で、まだ何も見ていなかったのだ。

若だんなは、笹川屋の脇に転がっている鈴を持ち上げると、思わず笑ってしまった。

「おや、本当に重いです。これで頭を打ったんじゃ、一発で気を失ったはずだ」

月岡宮司も、縄と一緒に転がった鈴を手にして、ああと小さな声を上げた。

「これだけの金があれば、五坂神社は救われます。本坪鈴まで売り払ったりしなくて、本当に良かった」

神職は、また高直な金細工を作れると言い、笑った。

月岡宮司の笑みを見て、鈴彦姫が若だんなへ目を向ける。すると、そちらからも笑みが返ってきて、本心ほっとした。若だんなが無理に鈴を買いとらなくとも、鈴彦姫は今までどおり暮らしてゆけるのだ。

横でおしろが笑い、小鬼が駆け回り、屏風のぞきが気持ちよさげに、大きくのびをした。

「きっとこれで、星ノ倉宮司の心残りも消えて、墓に幽霊が出なくなりますね」

若だんなの言葉に、月岡宮司がうなずく。そしてそれが一番ほっとする事だと、染みいるような声で言った。

だが……鈴彦姫は、戸惑った。

「そうですか、もう星ノ倉宮司様の幽霊は、この世からいなくなるんですね」

妖にとって、幽霊でいるのも人としているのも、大きな違いだとは思えない。だが人は、幽霊がこの世から姿を消すと、良かったねと言うのだ。

「でも私は、少し寂しいんですけど」

小声でつぶやいても、誰もうんと言ってくれない。時々人と妖では、何かが大きく違うと感じると言うと、今度はおしろが、笑うような声で返してきた。

「確かに、過ぎてゆく時の早さも、意味も、何だか違うような気がしますね」

大事だと思うものも、同じとは思えない。

「おしろさん、何故なんでしょう」

また、答えがなかった。

長崎屋の面々は、神職達が金無垢を集めるのを手伝い、笹川屋を社務所に寝かせた後、離れへ帰ることになった。

「多分今日暮れたら、星ノ倉宮司が最後のお別れに来ると思う。鈴彦姫、会いたかろう？」

佐助に言われて、頷いた。

「だって……星ノ倉宮司様は、生まれ変わって、若だんなになった方だもの。だから私はずっと、引かれてるんです」

ところが、だ。鈴彦姫がそう言った途端、離れへ向かっていた皆の足が、ぴたりと止まったのだ。

「鈴彦姫、あの、まだ気がついてなかったの？」

若だんなから、困ったように言われたが、訳が分からない。今回は屏風のぞきやおしろまでが、優しげな目を向けてくる。すると仁吉が一つ息をついてから、話してきた。

「鈴彦姫、人は生まれ変わる。だがね」

まだ死んでいない者が、次の何かに変わることはないのだ。そして。

「幽霊でいる間は、星ノ倉宮司は、生まれ変わったりしないんだ。まだ、あの世へ行っていないんだから」

「えっ……？」

つまり、ならば……だから？

「若だんなは、星ノ倉宮司の生まれ変わりじゃないんですね？」

小鬼の、きゅわきゅわと鳴く声が聞こえる。

「その通り。やっと気がついたか。幽霊が現れた時、分かっていたことだよ」

「まあ……」

鈴彦姫は肩を落とし、若だんなが優しく笑う。その後、皆と長崎屋へ帰り、炬燵に潜り込んでも、すっきりしなかった。火鉢で小鬼が沢山大福を焼き、皆で五坂神社のことを語って、話は弾んだが、やっぱり、もやもやしたものが残った。

そして。

やがて暮れてきて、日の名残も消えていく。それからじき、空が藍色に包まれてゆくと、別れを告げに、星ノ倉幽霊が姿を現した。

(まるで若だんなとの、別れの時が来たみたいだ)

何故だか胸が痛み、鈴彦姫は涙をこぼしてしまった。

くわれる

1

「若さん、会いたかった。ずっと探してたんですよ」

ある、昼下がりのこと。横手にある木戸が開くと、四人の者が長崎屋へ顔を見せた。

まずは若だんなの許嫁、中屋の於りんが乳母と共に現れ、待っていた若だんなが笑みを向ける。

だが、その切禿姿の後ろから、更に二人現れたので、若だんなと横にいた栄吉は、驚いて目を見張ることになった。

於りんよりも素早く、若だんなへ駆け寄ってきたのは、男女二人の内、若くて、それはそれは華やかな娘の方だ。そして問答無用で若だんなの手を取り、きゅっと握りしめると、熱くささやいてきたのだ。

「覚えておいでですか？　もみじです。ああ、やっと会えたわぁ」

「へっ？」

若だんなは魂消て、呆然と娘御を見つめる。栄吉は顔を赤くし、於りんは乳母と庭で、立ち尽くしている。母屋から茶を運んできた兄やが、その様子を見て眉を引き上げた。

若だんなはとにかく、言わねばならないことを口にしてみる。

「あの……どちら様でしたっけ？」

於りんの前だからという訳ではない。若だんなは本当に、華やかな娘御に覚えがなかったのだ。素晴らしく麗しいが、娘には他と違うところがあった。だから、もし会ったことがあるなら、覚えているはずと思う。

(この娘御……人ではないよね)

若だんなの祖母は、齢三千年の妖であった。よって若だんなには妖がいれば、それと分かる。人ならぬ者の血を引いていても、それ以外、何が出来る訳でもなかったが、とにかく妖が分かることだけは確かだった。

(それにしても、綺麗だね。栄吉ったら、魂が抜けたみたいな顔で、娘さんを……もみじさんを、見つめてるじゃないか)

一方、於りんは若だんなの方へ寄ると、近くで長崎屋の場所を聞かれたゆえ、二人を案内してきたと告げた。男とおなごの二人連れだ。まさかおなごの方が、若だんなの手を握りしめるとは、思ってもいなかったようだ。

(ありゃ、於りんちゃん、頬を膨らましてるよ。さてどうしたものか)

若だんなが困っていると、仁吉が茶を縁側に置く素振りで、すっと若だんなの耳元へ口を寄せると、ささやいてくる。

「若だんな、目の前のもみじさん、でしたっけ、知った方ですか？　この方、〝きじょ〟のようですが」

「き、じょ？」

「鬼女。要するに悪鬼です。人を食いますよ、この手合いは」

連れの若い男も、同じく悪鬼のようだと言い、万物を知る白沢、仁吉は、口元に怖いような笑みを浮かべている。

「こんな面々が側にいては、言い合いでもするたびに、若だんなが食われるのではと、心配をせねばなりません。若だんな、いつ、こうも剣呑な者らと知り合ったんですか？」

小声で真面目に問われ、若だんなは縁側で頭を抱えた。明るい日ざしの下、何で剣呑な面々が長崎屋の庭に現れたのか、さっぱり分からない。

（長崎屋を訪ねてきたんだ。何か、うちとの縁のある御仁かしら。まさかいきなり、於りんちゃん達を食べたりしないとは思うけど）

若だんなは腹に力を込めると、光をたたえたような眼差しで見てくるもみじへ、はっきり告げた。

「私はお前様に、会った覚えがないのですが」

「まあっ、そんなはずないわ。三百年ほど前に、出会っているじゃありませんか」

「さ、三百年前？」

栄吉と於りんが、横で驚いた声を上げ……その内二人は、苦笑と共に首を振った。どうやら二人はもみじのことを、若だんなとの縁を作るため、とんでもない嘘を語る者の一人だと、得心した様子であった。若だんなは、とにかくほっと息を吐く。

（最近、この手の御仁、時々長崎屋へ来るからねえ。同じだと思ったかな）

長崎屋は大店な上、傾いた事がないためか、余程財があると思われているらしい。於りんという許嫁が決まっても、若だんなとの縁を求める者が後を絶たないのだ。

「そういやぁ、二代前の当主が、孫の縁談を約束してたと、言ってきたお店があったな」

栄吉が言うと、於りんも頷いている。

「中屋へも、長崎屋との縁談を譲ってくれと、話が何度も来てます。先日など、神仏が長崎屋との縁を勧めたので、直ぐに縁組みしなければならないと、仏具屋の人が言ってました」

地回りの親分から商人、武家と、驚くような話を持ち込む者の身分は、様々らしい。

「でも、三百年前からの縁と聞いたのは、於りんも初めてです。そんなに昔の事じゃ、誰も覚えてませんよね？」

「うん。もみじさん、あんなに綺麗なのに、どうしてそこが分からないんだろう」

一方、若だんなや仁吉は別の意味で、事を了解していた。

（おや悪鬼さん達、もしかして嘘偽りなく、私と出会ったことがある人達なのかしら）

会ったのは、本当に三百年前だろう。当然、今の若だんなではない。貧乏神の金次が出会ったような、生まれ変わる前の若だんなだ。

若だんなはここで栄吉に、まず於りん達を離れへ上げ、菓子を出して欲しいと頼んでみる。仁吉はその間に、庭の悪鬼二人と向き合った。そしてもみじに小声で、三百年前に会ったというなら、その若さんはとうに亡くなり、生まれ変わっていると告げたのだ。

「昔のことを、覚えているはずもないです」

「そう……なの？」

「そのことを、考えなかったんですか？　いかにも妖らしい話ですが」

　もみじは顔を赤くして言う。

「でも、ここにいる若だんなは、あたしの若さんだって分かってるの。そして若さんは、困り事があったらいつだって、話を聞いてくれるって言ったわ」

　だから長崎屋の若だんなも、困っているもみじに、手を貸してくれなければならない。鬼女がそう言い張ると、若だんなが庭へ戻ってきて、首を傾げた。

「もみじさん、ちゃんとお連れがいるようですが、何に困っておいでなんですか？」

　途端、待ってましたとばかりに、もみじが語り出した。

「親が、勝手に縁組みを決めたんです。あたし、添うなら若さんがいい。他の人では嫌です」

「は？　親元から逃げ出すほど、納得いかない相手だったんですか？」

　悪鬼が江戸まで逃げ出す相手とは、どういうとんでもない者なのだろうか。若だんなと仁吉が顔を見合わせたとき、もみじの横に立っていた悪鬼が、ひらひらと手を振った。

「縁談の相手はおれだ。もみじの幼なじみでね、青刃という」

　ずっと〝若さん〟に惚れていたもみじは、青刃との縁談は嫌と言い張ったらしい。しかし親も悪鬼だから、欠片も大人しくはなく、娘の勝手を許しはしなかった。強引に縁組みを決めたものだから、もみじはさっさと親元から逃げてしまったという。

　ここで青刃が、眉間に深い皺を寄せた。

「でもな、こいつに行く当てなどないんだ。親から逃げるとなると、自分の友や、おれの知り合

い の所へも行けねえ」

　だから二人は、昔の約束を頼った。三百年は悪鬼にとって、忘れ去るほどの時ではなかったのだ。若だんなと仁吉は、おずおずと青刃へ問うた。

「あの……もしかすると、青刃さんは振られたんじゃないですかね?」

「兄やさん、その通りだな」

「その、なのにどうして今、もみじさんと一緒にいるんですか?」

　返事をしたのは、もみじだ。

「そりゃ、若さん……じゃなかった、今は若だんなと呼ばれているんでしたっけ。縁組みから逃げ出したあたしは、親達に追われてるからです」

　悪鬼の癇癪は、親であっても大層怖いのだ。そして青刃は幼なじみを、一人で放ってはおけなかったらしい。

「だから、ついてきたんです。あたし、村に居てって言ったんですけど」

　もみじがちょいと口を尖らせると、青刃が息を吐く。

「こいつは、人の暮らしに慣れてないからね。一人で江戸へ出たら、鬼だと知れて狩られかねねえ」

　古来、悪鬼とて、人に討たれたことはある。

「放っちゃ、おけないだろう」

　つまり平たく言うと。

「惚れた方が弱い。そういうことですね」

「仁吉、分かりやすく言うねえ」

利にならなくとも、人は動くことがある。いや、悪鬼でも動くのだ。若だんなは頷き、悪鬼二人を見てから天を仰いだ。

「もみじさんが抱えてる困り事は分かった」

生まれ変わった若だんなすら覚えていない約束を頼りに、お江戸へ来たのだ。若だんなを探すのは、大変だったに違いない。

「長崎屋まで、ちゃんとたどり着いただけでも、偉いです」

その気持ちを思うと、若だんなはもみじのことを、助けてやりたいと思う。ただ。

（もみじさんは鬼女だから）

兄やは悪鬼二人に、長崎屋の離れに居てもいいとは言わないだろう。

（もみじさんは私を、ぱくりと食べちまうかもしれないから）

それが笑い話でも、冗談でもないところが怖い。良い、悪いも関係ない。悪鬼とは、そういうものであった。

（ならば……どうする？）

もみじは、他の誰かが決めたことには、従わないだろう。若だんなが、腹を決めねばならなかった。

2

今日は離れにある仁吉の部屋へ、妖達が顔をそろえていた。若だんなの部屋に客がいるためで、於りんはいいにしても、乳母に姿を見られるのはまずい。

それで、いつもは入らない部屋へ集ったのだが、妖達は結構それを、楽しんでいる様子であった。火鉢の横で、まずは付喪神(つくもがみ)の屛風(びょうぶ)のぞきが怖い顔をして語り、それを妖達が、身を寄せ合い聞いていた。

「皆、今回ばかりは、真面目に聞きなよ。庭にいるもみじと青刃は、悪鬼だ。あいつらが長崎屋に居着いたら、小鬼(こおに)達をおやつ代わりに、ひょいと食べちまうかもしれない」

用心しろと、付喪神は言う。

「きょんげーっ」

「だが、それじゃ鳴家(やなり)達がかわいそうだろ。だからな、若だんなは悪鬼の親と、話し合いをすることに決めたんだ。もみじの恋しい相手は、この世にもういない。だから縁談をどうするか、話せば何とかなるというんだ」

もちろん若だんなは無鉄砲だから、悪鬼の村へ自分で行くと言った。しかし兄やがいる以上、若だんなを旅に出すなどあり得ない。

「それで妖のうち、誰が悪鬼の里へ行くか、決めなきゃならん。旅に時が掛かったら、その間に小鬼が何匹か食べられるかもしれんが、それは仕方がないな」

途端！　身の危険を感じたのか、鳴家達は突然、働き者に化けた。驚いた事に、怖い悪鬼の親のところへ行くと言ったのだ。

「でも、怖い。悪鬼見たら、ちょっと……隠れるかも。会うの、遅くなるかも」

屏風のぞきが深く頷いた。

「大丈夫さ。小鬼達なら人の目に見えないから、紛れ込んで舟に乗れるし。悪鬼の暮らす遠い山へも、早く行けるってもんだ」

「きょべっ、やっぱり屏風のぞきが行く？」

「おれは水が苦手で、舟に乗るのはご免だ。悪鬼と会うのは、鳴家の方が向いてるさ」

若だんなが、小鬼へ頭を下げた。

「鳴家、私からの文を持って行って貰うから、大丈夫だと思う。そこに、小鬼が長崎屋まで案内しますと、書いておくからね」

小鬼がいなければ、もみじのいる長崎屋には、来られないわけだ。

「だから悪鬼も、鳴家をぱくっと食べたりしないよ。……多分」

小鬼達が悲壮な顔で飛び出してゆくと、仁吉は相棒の佐助へ事を知らせるべく、一旦、廻船問屋の方へ姿を消した。若だんなが己の部屋へ戻ると、於りんの乳母が、おかみのおたえへ挨拶したいと言い、母屋へ向かう。

「あら、あたしも」

於りんともみじも、母屋の方へ消えた。

すると、だ。若だんなはすぐに袖を引っ張られ、栄吉と話す事になった。もみじの親へ、文を出したと告げると、栄吉は母屋へ、それは心配げな目を向ける。

「一太郎、でもそれじゃ、無理に縁談を進めることに、なるかもしれないぞ」

大まじめな友を前にして、若だんなはため息をつきそうになった。

(栄吉、悪鬼二人が長崎屋に居座ったら、お前さんももみじさんに、ぱくんと食べられちゃうかも知れないよ)

そうは思ったものの、言える言葉ではない。それで若だんなは、友の心配事を口にした。

「もみじさんは、これからどう暮らすか、当てがないんだもの。一回親御と、話し合わなきゃ駄目だろ。それに、栄吉」

栄吉はもみじの事より、まず考えねばならないことが、あったはずなのだ。今日、於りんが顔を見せる少し前、若だんなと栄吉は、そのことについて語っていた。

「安野屋のご主人から、そろそろ菓子作りの修業を終えてはどうかって、言われたんだよね？」

しかし栄吉は、まだ己の腕前に納得してない。安野屋へ返事が出来ずにいるのだ。

途端、栄吉の顔が地面の方へ向き、若だんなは、その時の話を思い出すことになった。


今日は、中屋の於りんが来る事になっていたので、若だんなは栄吉へ、於りんが好きな安野屋の菓子を頼んでいた。すると幼なじみは重箱に詰めた菓子の他に、自分が作った新作も、縁側で見せてきたのだ。

そしてその菓子には、悩み事も添えられていた。

「こいつは菓子というより、甘辛い味の団子だ」

実は先日、北の国から安野屋へ来た菓子屋が、店の皆へ面白い味の土産をくれたのだ。雪屋は以前、安野屋で働いていた職人で、生国で菓子屋をしていると聞いた。

「大きな饅頭に、甘辛い味噌を塗った感じのものだった。旦那様が食べても良いと言ったんで、いただいた。美味いと伝えたよ」

しかし、だ。饅頭を作るのに手間がかかるとかで、値段の割に利が薄いという。

「けど、贈り物に使う上菓子じゃない。だから、値を上げると売れないなと思った」

もし江戸で売るなら、安くして数が出ないと、売り続けるのは厳しい。

「それに味噌は、江戸っ子の好みからすると、もっと辛い方がいいとも思ったし」

それで栄吉は、あれこれ工夫をし、手軽に食べられて江戸でも売れそうな、自分なりの味噌味を作ってみたのだ。

「結局饅頭じゃなくて、いつもの団子に、工夫した味噌を塗ることにしたんだ。団子なら安い。皆、気軽に買ってくれるしな」

出来た甘辛味噌団子は、もはや元の味噌饅頭とは別物になってしまった。だが安野屋の主も、安野屋の皆も、美味しいと言ってくれたという。一本食べてみた若だんなも、すぐに笑みを浮かべた。

「栄吉、良い出来じゃないか。こりゃ安野屋さんが褒めるはずだよ」

栄吉は甘い餡子より、こういう団子や辛あられのような品の方が、美味く作れるらしい。長年の友は隣で嬉しげに笑ったが……何かが心にかかっているらしく、その笑みは直ぐ、引っ込んでしまった。

　すると、閉めている障子の向こうから、ささやき声が聞こえてくる。離れに巣くう妖達で、栄吉が菓子を持参したと聞き、あれこれ要らないことを喋り始めていた。

（きゅい、栄吉さんの味噌団子、食べたい。きゅん、美味しそう）

（いいねえ。隣に甘い大福がないのも、すごくいい。栄吉さんの菓子は時々、猫いらずの弟みたいな味がするから）

（屛風のぞきさん、猫いらず、食べたことあるんですか？）

（ない。でもおしろさん、猫いらずと栄吉さんの饅頭を並べられたら、どっちを取るか、寸の間迷わないか？）

（そんなこと……ありますね）

「これっ」

　若だんなが小声で言うと、笑い声と共に、妖達のつぶやきが途切れる。

　栄吉は、菓子司三春屋の跡取り息子だが、他店へ修業に出ても、何故だか菓子作りが達者にならないでいるのだ。必死に作る為か、最近は却って出来の差が激しい。

（栄吉の修業を引き受けている安野屋さんでさえ、弟子の菓子を味見する時は、腹に力をこめると聞いてるな）

　若だんなは団子を一本、影から伸びてきた手へ渡した。するとその時、栄吉が横で、思いも掛けない話を口にしたのだ。

「一太郎、実はこの団子を見せた後、安野屋の旦那様から、話があったんだ。そろそろ三春屋へ戻っちゃどうかと言われたんだよ」

「おおっ、お許しが出たのかい？　栄吉、やっと修業が終わるんだね」

嬉しいと言って若だんなは笑ったが、栄吉は何故だか、嬉しそうな顔をしていない。

「実は、その。安野屋さんはまだ……おれの饅頭が、店を支えられるほど上手くなったとは、思っちゃいない」

だが安野屋は栄吉に、以前作った辛あられと、今回の甘辛味噌団子、二つ、金になる柱があれば、三春屋を続けていけるはずだと言ったのだ。餡を使った菓子作りをしたければ、家で修業を続ければいい。安野屋はこれからも、力を貸してくれる。ただ。

友は空へ顔を向け、息を吐いた。

「あられ屋になる気は、なかったんだけどな。三春屋は菓子屋で、団子屋でもないし」

「栄吉……」

どう言葉を続けたら良いものか分からず、若だんなはしばし、縁側で言葉を失った。その時、背後で鳴家が鳴き、若だんなは横手の木戸へ目を向ける。そして入ってきた中屋の於りんと、もみじ達を見つけたのだ。

栄吉の話は、そこで一旦途切れてしまう。若だんなが笑った。

「栄吉、もみじさんの綺麗な顔ばかり見つめてるね。自分の大事な話が、途中になってるよ」

縁側で問われた栄吉が、少し口を尖らせる。

「一太郎、そんな風に言わなくったって、いいじゃないか」

「からかってみたくなったのさ」

「もみじさんだけ、見ちゃいないよ。ただ……本当に綺麗なお人だよね。見るだけで眼福だ」

すると。栄吉がそう告げた途端、二人の後ろから、「へえ」と、面白がるような声が聞こえてきた。

「おや、お前さんはもみじと一緒に、挨拶に行かなかったのか」

栄吉が忘れていたと言うと、青刃はにたにたと笑っている。どうやら、栄吉がもみじを見る目にはとうに気づいていて、それを面白がっている様子であった。

「もみじが気にしてるのは、縁があった若だんなの方だ。菓子屋の兄ちゃんじゃ、ないんだがなぁ」

だがこの言葉に、栄吉は顔をしかめた。幼なじみだから、於りんと言いかわす前、若だんなに親しい相手がいなかったことくらい、承知している。

「いい加減なことを言うなよ。二人に、縁があったはずがないだろ？」

「いや、あったんだよ。もみじが寺へ行ったとき、出会ってるから」

長崎屋より、北の方にあった寺だと言うと、栄吉が驚いた顔になった。

「若だんなが行った寺なら、広徳寺（こうとくじ）かな？　おれも寛朝（かんちょう）様を紹介してもらった」

青刃によると、その寺で出会った若さんは、もみじ達が何者か承知していた、偉い御坊の弟子だったという。すると、栄吉がまた頷いた。

「ああ、その御坊とはきっと寛朝様だね」

「どうして三百年前と今で、何となく話が繋がるんだろう」

若だんなは、呆然と話を聞いている。

青刃によると、若さんと巡り会ったとき、寺にいた他の御坊達は、もみじ達のことを気味悪がり、嫌ったという。

「世の中には悪鬼や貧乏人、罪人だっている。まあ、気軽に近づきたくない相手だろうけど」

だが偉くて、人を救うはずの坊主まで、そういう輩（やから）を避けてしまっていいのかと、青刃は言葉を続ける。

そんな中、ただ一人、若さんだけは、もみじを支えると約束してくれたのだ。

「正直に言うと、優しい御坊だったよ」

もみじは長く長く、そのことを覚えていた。だから……青刃より若さんの思い出に、とっ捕まってしまっているのだ。

「おれの方が、余程いい男なのに」

途端、栄吉が笑ったものだから、話がややこしくなってしまった。

3

悪鬼はなべて、大人しくない。青刃も笑われた途端、目に剣呑な光をたたえた。

「なんだい、栄吉さんとやら。おれの言葉に不満があるみたいじゃないか」

「別に。ただね、青刃さん。自分が一番だと言うなら、ちゃんともみじさんを守りなよ。幼なじみなんだろ？」

何故もみじの親と話を付けられず、家出させることになったのか。栄吉がそう問うと、痛いところを突かれたのか、青刃が総身から怖い気を出した。

「事情をよく知らない奴が、偉そうに話すんじゃないっ」

若だんなは顔色を蒼くした。

(栄吉ったら今日は変だよ。普段、知らない相手へ、噛みつく男じゃないのに)

余程もみじに惹かれているのか、安野屋の申し出が、心を乱しているのか。この場がどうすれば収まるのか、すぐには分からない。

(でも、このまま黙っていたら、横にいる栄吉が、食われて消えてしまいそう)

もみじの事を、食うか食われるかという話にしてはいけない。若だんなは、必死に考えをひねり出し、そして……ようよう一つ思いつくと、二人へ話を持ちかけてみた。

「青刃さんと栄吉に聞くよ。二人はもみじさんのことを……綺麗な娘さんだと、思ってるんだよね?」

「そ、それは、そうだけど」

「もちろん、おれの許嫁は綺麗だ」

二人の声が揃うと、若だんなは腕を組んでから、言葉を続けた。

「ならば二人には、いがみ合うより先に、示すべき事があるよね」

それは、どちらが優れた男なのかという話ではない。もみじを守れるのは、どちらなのかということであった。

「違うかな?」

栄吉達は揃って頷く。ならば。

「二人で勝負をするというのは、どうかな」

「勝負？　この青刃に、栄吉っていうこの男と、殴り合いでもしろっていうのかい？」

青刃が、明らかに見下した顔で言ったものだから、栄吉は顔を真っ赤にした。

「受けて立つよ。おれが負けたら、煮るなり焼くなり、好きにしろ」

「おおっ、そいつは嬉しい言葉だ。楽しみにしてるぞ」

にたりと笑う怖い顔へ、栄吉は足を踏ん張って告げる。

「じゃあ青刃さんが負けたら、もう、もみじさんの許嫁だと名乗らないこと。もみじさんは、若さんが好きなんだから」

「うっ……。まぁ、いいか。おれは負けねえ」

青刃がそう言い切ると、ここで若だんなが、双方が勝負事をしくじった場合、自分の言葉に従うようにと言葉を付け足した。二人は眉を引き上げたが、若だんなは何で勝負をするかをさっさと口にして、文句を封じる。

「今、もみじさんの親御へ、使いを出してるんだ。じきに親御方が、長崎屋へ来ると思う」

「えっ……ええっ？　わざわざもみじの親へ、我らの居場所を伝えたってぇのか？」

飛び退いた青刃へ、若だんなは告げた。

「親御が来たら、二人はもみじさんの気持ちを話し、親子の間を取り持って下さい。親御と喧嘩をしたままじゃ、もみじさんは家へ帰れないもの」

「それが、勝負のお題ってことか？　何でそんな、とんでもないことを……」

青刃は顔を赤くし、総身に震えを走らせたまま、上手く返事が出来ずにいる。

しかし悪鬼と対する羽目になるとは、全く考えていない栄吉は、男らしくも勝負を受けてしまった。だから青刃も引けなくなり、今度は顔が蒼く変わってくる。逃げたら負けが決まる。受けるしかないのだ。

「おや、二人で勝負をすると、決まったのですか。ほお、親御の説得を引き受けたとは。どちらも思い切りましたね。若だんな、先に青刃さんが話すのですね？」

離れへ帰ってきた仁吉が仕切り人となり、二人と細かい話を詰める。すると、ほっとした若だんなの後ろで、隣の部屋との境、襖がわずかに開き、中から妖達の嬉しげな声が聞こえてきた。長崎屋の妖達は、悪鬼との対決を長崎屋で見られそうだと、声を弾ませていた。

「若だんな、楽しみだねえ。でも栄吉さんが、悪鬼に勝つのは無理だろう。もみじの親達に、食われちまうんじゃないかい？」

「屏風のぞき、怖いことをお言いでないよ」

若だんなは小声で言ってため息を漏らすと、大丈夫だと背後の妖達へ語った。

「青刃さんが、もみじさんの親御を説得するのだって、無理だと思う。それが出来るなら、二人で江戸へ、逃げてきたりしてないよ」

「きゅんわ？」

「だからね、まずは青刃さんに、もみじさんの親御さんと対峙してもらう。栄吉の番が来たら、剣呑なことになる前に、私が栄吉の負けを言い立てようと思う」

もみじの親へは、若だんなから本当のことを告げるのだ。

「あら、本当のことって何ですの？」

「おしろ、部屋内から事情を聞いてたんじゃないのかい？　もみじさんが出会った〝若さん〟は、三百年前のお人だ。もうとっくにこの世にいないんだよ」

亡くなった人だから、もみじが探しても、会うことなど出来ない。

「だからもみじさんも、若さんのことは良き思い出にして、家へ帰るしかないんだよね」

親御も、聞けば納得するだろう。娘が思う相手は、どこにもいなかったのだから。

「つまり今回の勝負、両方、勝つことはできない。そういうことで上手く終わるんだ」

若だんなはそれで、二人に勝負を勧めたのだ。

「なぁんだ、お江戸の妖、全てを巻き込んだ、悪鬼との大戦には、ならないんですね」

「きゅべきゅべ」

妖達から、ちょっと残念そうに言われて、若だんなは苦笑を浮かべてしまう。だが。その時、もみじを呼ぶ声が聞こえて顔を上げると、青刃が連れを探していた。

「青刃さん、どうなすった？」

「あの、もみじはどこにいるんだ？　この栄吉さんと競うことや、親御が長崎屋へ来ることを、言っておこうと思ったんだが」

於りん達と一緒に、おかみと話を続けているのかと、首を傾げている。

「確かめて来ます」

仁吉が、さっと母屋の土間へ走ってゆく。しかし、いくらもしないうちに、一人で離れへ戻ってくると、厳しい顔つきで若だんな達へ話しだした。

「今も母屋にいたのは、乳母やさんだけでした。おたえさまに聞いたのですが、もみじさん達は挨拶をされて、早々に部屋から出たそうです。離れにいると思っていたとか」

　於りんが居なくなったとなると、大騒ぎになる。仁吉は事を乳母には告げず、馴染みの者達に、長崎屋中を探させていると言った。

「もしかしたら二人で、倉などを見ているかもしれませんから」

「……倉には鍵が、掛かってると思うけど。大丈夫かな。おれも見てくる」

　栄吉が不安げな顔で三つの倉の方へ行くと、青刃もついてゆく。その時、二匹の小鬼が、ぴょんと肩に飛び移ってきたものだから、若だんなの足は止まった。

「きゅい、探したけど、於りんちゃん、いない。これ、落ちてた。栄吉さん」

「栄吉？」

　小鬼が差し出したのは畳まれた紙で、表には確かに、栄吉の名が書いてある。

「何だろ」

　急ぎ改めた若だんなは、目を大きく見開いた。仁吉が横から手元を覗き込み、落ち着いた声で言う。

「おや何と、それは脅しの文ですね」

　脅す相手が長崎屋でも若だんなでもなく、栄吉なのには驚いたと、仁吉が腕を組む。若だんなは無言で頷くと、急ぎ文を読み進めた。

「於りんちゃんと、もみじさんをあずかったって書いてある。帰して欲しければ、栄吉の持ってる辛あられや、甘辛味噌団子の作り方を、そっくり渡せと言ってきてるよ」

　そして栄吉は、二度と菓子作りに関わってはいけないのだそうだ。若だんなが、大変だと身をこわばらせ、仁吉も顔をしかめる。

「この文の主、馬鹿なんですかね。栄吉さんから作り方を奪って、同じ味のあられや味噌団子を売り出したら、誰が人さらいか分かってしまうでしょうに」

なのにどうして、こんな脅しをかけてきたりするのかと、言ったのだ。

しかしこの人さらいで、若だんなが心配しているのは、菓子のことではなかった。若だんなは仁吉を見つめ、於りん達を大急ぎで取り戻さねばならないと言い切る。

「だって、この脅しの文の主は、もみじさんを連れていってしまったんだもの。もみじさん、悪鬼なのに！」

下手をすれば、人さらいはもみじに、ぱくりと食べられてしまう。若だんなが真剣な顔で心配すると、仁吉が軽く言った。

「ああ、於りんさんの前で食ってしまったら、拙いですね。於りんさん、まだ子供です。怖がってしまうかもしれません」

「仁吉、そういう問題なのかい？」

妖は妖で人ではない。若だんなは時々、長崎屋の面々が妖であることを忘れたりするが……兄やも悪鬼も小鬼も、やっぱり人とは違う。こういうとき、急に思い出すのだ。

「きゅいきゅい。大福食べたい」

嬉しげな小鬼を見て、若だんなは一寸、総身から力が抜ける。だがとにかく、やらねばならないことは決まっていた。

「於りんちゃん達を、取り戻さなきゃ。人さらいが、食べられちゃう前に」

並とは何か違うと思いつつ、若だんなは必死に、これからどうするかを考え始めた。

4

「妙な話になってしまって、申し訳ないんだけど」

若だんなは離れで、青刃と栄吉に、頭を下げていた。

青刃と栄吉が、どういう事で勝負をするか。悪鬼であるもみじと、その親御の間を取り持って、仲良くさせた方を勝者にすると、若だんなは決めていた。

だが人さらいが現れ、もみじ達が消えたので、勝負どころではなくなってしまった。若だんなは青刃と栄吉を離れへ呼び戻すと、仁吉と共に、二人へ脅しの文を見せる。そして。

「こういう訳なんで、勝負を一旦止めて、一緒におなご達を取り戻して欲しいんだ」

「きゅい、何で若だんなが頼むの？」

余分な声はしたものの、栄吉は驚きに包まれ、鳴家の声を聞いていない様子で助かる。とにかく、もみじが好きな二人は、当然承知すると思っていた。

ところが。もみじがさらわれたことを知った青刃は、火鉢の横で口をへの字にすると、何故だか否(いな)と言ったのだ。

「勝負を止める必要はなかろう。確かにもみじ達を、取り戻したいさ。ならば、だ」

青刃と栄吉、どちらが人さらいから二人を連れ戻せるか。それを競えばいい。

「分かりやすい勝負で、良かろうよ」

「い、いやそういう話にされると、栄吉が食われそうというか……とんでもなく拙くて」

若だんなが止めようとしたとき、栄吉が、驚くようなことを言い出した。青刃が口にした勝負を行うと、不公平になるというのだ。

青刃の目が、すっと細められる。

「おんや、菓子屋の兄さん、何でだい？」

「人さらいが求めてるのは、辛あられや味噌団子の作り方だよ。そいつはおれが持ってるんだ。だから脅しの文は、おれ宛てに来た」

作り方を書いた紙を渡し、青刃も持っていると人さらいに言いたくても、相手が誰なのか、まだ分かっていない。事情を話しても、そもそも相手が信用するかどうか、そこも分からない。人さらいは栄吉だけを、相手にしかねないのだ。

「それじゃ、まともな競い合いにはならないだろ。青刃さんに申し訳ない。今回は、もみじさん達を、一緒に取り戻そうや」

勝負は、その後すればいいと栄吉が言ったところ、青刃が何度か瞬きをし、それから大きく笑った。

「こりゃ驚いた。栄吉さん、あんた随分、正直者なんだね」

己に利のあることは当然としつつ、不利とみると文句を言う。人というのは、そういう気にくわない輩ばかりと、青刃は思っていたらしい。

「けど、お前さんは違うようだ。その石みたいに堅い考え方は、気に入ったよ。勝負は勝負だから、栄吉さんとは戦うがね。でも、いいね。あんた、結構腹の据わった男だ」

すると栄吉は、首を傾げた。

「青刃さん、今まで周りに、情けない輩ばかり揃ってたのかい？　おれは、未だに菓子屋として一人前じゃないし、ここにいる一太郎だって、いっつも寝込んでばかりだけど……」

そういえば若だんなは今日、珍しく寝付いていないと、栄吉は、ちょいと笑ってから言った。

「とにかく江戸の男なら、情けない振る舞いは、しちゃいけないんだよ」

行いがみっともない男は、江戸っ子ではないのだ。

「一太郎、そうだろ？」

「ふふふ、気合いが入ってるねえ」

嬉しげな声を上げると、多少の不利は気にするなと言い、青刃は栄吉の肩に手を回した。

「おれは真っ向から、全力で真剣な勝負をするから、大丈夫だ。お互い戦いを楽しもう」

若だんなは、顔色を変えてしまった。

これが人同士のやり取りであれば、若だんなも二人の様子に、心を打たれるところであった。

だが。

(何でこんな話になるんだ？　このままじゃ栄吉は、青刃さんに食われるかも)

悪鬼にはそれが並のこと。若だんなが身を震わせるほど友を心配していると言われても、青刃には分からないだろう。生まれついた理が違うのだ。人を食い、憎しみを向けられたら、悪鬼は呆然とするに違いない。

「一体、どうしたらいいのかしら」

すると仁吉が若だんなを、そっと縁側へ呼んだ。何事かと思ったら、側の影内から、屏風のぞきのため息が聞こえてきた。きゅわきゅわと、楽しげな声も連なっている。

「そりゃ若だんな、あの二人よりも早く、於りんちゃん達を取り戻すしかないな。そうして、青刃さんと栄吉さんの負けを言い立てて、勝負を引き分けに持ち込むんだ」

長崎屋の妖達は、大層頼りになる者達ばかりなので、そう話をまとめたと、影内の声が言ってくる。

「大いに役に立ったあたしたちへのお礼は、鍋でいいってことになった。あ、稲荷寿司と、大福と、酒も付けておくれね」

離れで楽しく騒ぐだけでいいと、屏風のぞきは明るく口にしたのだ。そこへ、別の笑い声が続く。

「鍋はねぎまと、湯豆腐がいいです。おしろは、お刺身も欲しいんですけど」

小鬼がきゅいきゅい鳴きつつ、久方ぶりに加須底羅も食べたいと言い出す。鳴家は悪鬼の所へ仲間が行ったし、今回はとても働いている。旅に出たのは自分ではないが、お腹が空いたのだ。

「ああ、立派なこの屏風のぞきが、若だんなを支えるしかないよなぁ。放っておいたらいつの間にか、どういう訳か、若だんなの方が食われちまってたってことに、なりかねねえもの」

「若だんな、鬼に食われちゃ駄目ですよ」

猫又の声に、また小鬼の声が重なる。

「きゅい、大丈夫。鳴家は若だんな、食べない。大福食べる」

ここで、妖達の声が揃う。

「ところでさ、栄吉さんはいっそ一旦、安野屋へ帰しちゃどうだい？　青刃さんに食われそうで、若だんなは気を揉みっぱなしだろ」

「そうだよね。帰ってもらっている間に、こちらでことを片付けられたら、楽だろうね」

だが、これを耳にした仁吉の顔が怖くなる。

「若だんな、何で若だんなが栄吉さんに代わって、悪鬼と戦うことになるんですか。ぜったい駄目です。栄吉さんを、出入禁止にしますよ」

「やっぱり……か」

部屋へ戻ると栄吉は、紙に辛あられと、甘辛味噌団子の作り方を書き出し、一応承知しておけと青刃へ差し出している。もちろん若だんなの思いつきなど知りもせず、自分が、もみじと於りんを取り返す気でいるのだ。

一方悪鬼は律儀に、こんな大事なものを人へ渡していいのかと、栄吉に問うてから貰っていた。菓子の作り方は秘伝の薬並に、秘密に包まれていると思ったようだ。

すると、栄吉が笑った。

「辛あられを出した頃は、分量書きを後生大事にしてたけどね。しばらくあられを売ってたら、納得したことがあったんだ」

安価なあられの作り方は、大して難しくはない。菓子作りに慣れたものなら、栄吉が売っているものを食べれば、かなり似た品を作ることが出来た。

それで、栄吉が作ったのと似たあられが、後で沢山売りに出されたのだ。

「甘辛味噌団子だって、もし売れたら、多分同じような品が沢山出るだろうな」

客達はその中で、気に入った店の品を買ってゆくのだ。そして売れる店と、売れ残る店が出る。

「おれが出した辛あられが、今も売れてるのは、ありがたいことだと思うよ」

「なるほど。そういうものなのか」

青刃が真面目に言うと、栄吉がまた笑う。若だんなは、青刃がとんでもないことを言ったりしないか、二人の隣ではらはらし続けたが、悪鬼は栄吉と楽しげに、団子やあられについて語っている。

(ああ、あんな様子を見てると、悪鬼でも人でも、変わらないんじゃないかと、つい思ってしまう)

だが、違いはある。忘れてはいけないことがある。少し、人ならぬ者の血を引く若だんなだからこそ、ちゃんと分かっていなければならないことだった。

(青刃さんは、栄吉のことが好きでも、食うことも出来る。今、一緒に笑っているのに、食えるんだ)

人にしか見えないのに、違う。文句を言っても始まらない。それが悪鬼であった。

(もみじさんとの違いも、栄吉は身に染みていないよね)

もみじは若い娘御にしか見えないが、会いたがっていた若さんは、三百年も前、この世から消え去ってしまってる。それだけ生きているのだ。時に置いて行かれる妖達と人は、簡単に結ばれるものではなかった。

(こんなに近くにいるのに。側にいて欲しいと思う気持ちは、本物だろうに)

なのに。どうして思いだけが、置いて行かれるのだろう。

これから人さらいと対峙し、於りんともみじを取り戻さねばならないし、若だんなとて、やることが山とあった。

それでも。若だんなは寸の間、己の思いを持てあましていた。

(なんだか……寂しい)

人や妖は、それぞれでいいと思っていても、時にそれが辛い。

(何で人さらいが現れた今、こんなことを考えてしまうのかしら)

長崎屋の離れから庭を見つめると、ただ、明るい。若だんなはその庭を見たまま、しばらく動けずにいた。

5

栄吉は、人さらいに目を付けられた当人だから、ちゃんと自分で、ことに向き合わねばならない。

若だんなは、無茶と無謀をしないこと。

青刃は、長崎屋に迷惑がかかることはしない。今は、もみじを取り戻すことだけ考えるべし。

仁吉は離れの三人へ、三つのことを告げてきた。

「これを守れないと言うんでしたら、栄吉さんも青刃さんも、長崎屋から放り出します。於りんさんだけ、私と佐助で救い出し、若だんなは当分、布団の中で過ごしていただきますからね」

三人は急ぎ、仁吉の言葉を守ると約束した。そして、まずは於りん達を取り戻すため、離れで話し合いをする。

ところが。そう決めた途端、別の用件が入るのは、近くに妖の天邪鬼でもいて、ことを面白がっているのかもしれない。その時長崎屋の店表に、栄吉を訪ねてきた者がいたのだ。

「おや、雪屋さんじゃないですか」

呼ばれて、薬種問屋の店表へ向かった栄吉が、上がり端に腰掛けている男を見て、目を見開いた。雪屋は、元々安野屋の職人をしていた者で、今は安野屋の客だ。最近栄吉が作った、甘辛味噌団子の大元、大きな味噌饅頭を食べさせてくれた人でもあった。

雪屋は栄吉へ目を向けると、ほんわりと笑った。

「その、そろそろ国へ帰ろうと思うんだよ。今度はいつ江戸へ来られるか分からん。それで今日はあちこち、見て回ろうと思って」

安野屋へもそう告げたところ、修業中仲良くしていた栄吉が、今日、賑やかな通町に行ってると、教えてくれたらしい。

「帰る前に、栄吉さんにも挨拶をと思ってね」

「何と、もう帰るとは早いですね」

甘辛味噌団子を思いつけたのも、雪屋の味噌饅頭のおかげだから、栄吉は深く頭を下げている。そして、ちょいと首を傾げた。

「旦那様から、雪屋さんはしばらく江戸にいると聞いてたんで、残念です。それでまだ、土産も買っていなくて、恥ずかしい」

近くで何か買いたいと、栄吉が腰を浮かしたところ、ならば昼餉をつきあってはくれないかと、雪屋が栄吉を誘った。

「今日は、ちょいと良い店で食べたいが、一人で入るのも寂しい。出来たら栄吉さんが、一緒に行ってくれないか」

この時店表へ顔を出した若だんなが、友へ声を掛ける。

「栄吉、ならばその昼餉代をお前さんが持てば、土産の代わりになるんじゃないか？」

せっかくだから長崎屋の名を出して、名の通った店へ上がってきたらいいと、若だんなは紙入れを渡した。急な話だから、友は昼餉代を用意していないはずなのだ。

「ああ、助かる。だけどさ」

ただ、今はもみじのことがあると、栄吉は店表でそれを気にしている。若だんなは、昼を食べに行く間はあるだろうと言い、背を押した。

「私らは、離れで話してるから」

ゆっくり食べてこいと言うと、友は頭を下げ、雪屋と通りへ出て行った。若だんなはこの間に、妖達を離れへ呼び、色々聞こうと思い、奥へと足早に戻る。

すると。

「ありゃ？　これはまた騒がしい」

つい先ほど離れた部屋に、鳴家の鳴き声が満ちていたのだ。鳴家が二匹、顔を引きつらせ、部屋内を駆け回っていた。

「きゅいきゅわきゅべーっ、怖い怖い怖いっ」

「おや、もみじの親御を探しに行かせた、小鬼達じゃないか。戻ったんだね。もみじさんの親御には会えたかい？」

若だんなが話しかけている間も、小鬼二匹は天井まで駆け、話すどころではない。するとびょうぶ屏風のぞきが、小鬼の足を手ぬぐいで引っかけ、ちょいと転ばせた。二匹は畳の上で跳ねると、おしろが尻尾でぽんと飛ばし、最後に若だんなが受け取った。

「お帰り。どうしたの？　何が怖いの？」

問うと二匹はまず、ちゃんと悪鬼の屋敷へ行き着いたと、声を揃えた。青刃から場所は聞いたが、上野の辺りで迷子になったので、広徳寺へ行き、寛朝に天狗(てんぐ)を呼んでもらったのだという。二匹は天狗と飛んで、悪鬼の村まで連れて行ってもらったのだ。

「鳴家は偉い。ちゃんと行けた」

「でも悪鬼の屋敷に、悪鬼がいたのっ。怖い。きゅわ、鳴家、食べられちゃう」

「怒ってた。若だんなの文、出したら、怒ってた。青刃の馬鹿って言った！」

「げえっ、親父さん、おれを怒ってたのか！　でもって、親御と兄者が江戸へ来るって？」

小鬼達は悪鬼の返事を聞くと、早々に屋敷から逃げ出したらしい。青刃が、首を絞められた蛙のような声を発し、震えだした。

青刃はここで、助けてくれと栄吉を呼んだ。

「頼りは栄吉さんだけだっ……あれ、あいつ、何で戻ってきてないんだ？」

「さっき、訪ねて来た仕事先の人と、表へ出てます」

「栄吉さんときたら、こんな時に、何で消えるんだっ。なら若だんな、代わりにお前さんが、この青刃を守っておくれな」

同じ悪鬼なのに余程怖いとみえ、青刃は情けない言葉を繰り返す。

「もみじが、さらわれちまってる。ここへ親御とあいつの兄者が来たら、おれは食われちまうよっ」

「おや、悪鬼も食われることがあるんですね」

仁吉が落ち着いた声で言い、青刃が半泣きになる。

若だんなは、まず小鬼らを助けてくれた寛朝へ、お礼の文を書き、仁吉に品物を添えるよう頼んだ。そして、その後、では自分と青刃で二人を取り戻そうと言うと、青刃は何度も頷いた。

「急ぐとなると、人さらいから知らせが入るのを、待ってもいられません。ならば、です」

相手が何者か割り出し、こちらからおなご二人を、助けに行くしかない。仁吉も頷いた。

「早めにもみじさんが戻れば、人さらい当人も、食われずに済むってもんです。人事にならずに済みますね」

「うんうん、それがいい」

すると、屛風のぞきがふと首を傾げ、頷く青刃へ問いを向けた。

「気になるんだが。もみじさんと青刃さんだと、どちらが強いのかな?」

「もみじの方が強い」

あっさり断言した。

「あらま、青刃さん、おなごより弱いんですか」

「おや猫又殿、江戸じゃ、そういうことはないのかい？　おれたちの村じゃ、男より強いおなごは珍しくもないぞ」

もっとも、村で一番強いのはもみじの親だと言い、青刃がため息をこぼした。

「それにしても、どこの阿呆が、もみじをさらったのかねえ。あいつは綺麗で、ちゃんとしてるが、きっつい性分なんだぞ。勝手をする相手にゃ、容赦なんかしねえ」

癇癪を起こした悪鬼は、熊や狼より怖いと断じ、人さらいは己の身を心配した方がいいと、青刃は真面目な顔で言う。仁吉が苦笑を浮かべ、若だんなは天井を見上げてしまった。

「早く事を終わらせましょう」

そして、栄吉が離れへ置いていった脅しの文を、まずは皆の前へ広げた。

6

火鉢にたっぷりと、炭をくべた暖かい部屋で、若だんなは仁吉、妖、青刃と、畳の上に置いた脅しの文を見た。人さらいの名や、おなご達の居場所を、突き止めねばならない。

「於りんちゃんと、もみじさんをあずかった。帰して欲しければ、栄吉の持ってる辛あられや、甘辛味噌団子の作り方を、そっくり渡せと、人さらいは言ってる」

そして栄吉は、二度と菓子作りに関わってはいけないとあった。

「これきりで、次の文は来てないよね」

皆が頷く。若だんなは、眉間に皺を寄せた。

「これを読んだ時から、分からない事があるんだ。人さらいは栄吉からどうやって、辛あられや団子の作り方を盗る気なのかしら」

文には、作り方を書き記したものを、どこへ持ってこいとか、いつ取りに行く気だとか、全く書いていない。これでは栄吉が素直に、作り方と、おなご二人を交換したいと考えても、事は先に進まないではないか。

「きゅべ、その通り」

「分からないのは……」

若だんなが、そう言い出した時、思いがけない事に青刃が言葉を止めた。そして、これ以上話すのは、栄吉が帰ってからにして貰えないかと、若だんなに頼んでくる。

「あのさぁ、若だんな。おれと栄吉さんは今、勝負をしてるんだぜ。お前さんが考えを、あいつがいない内に言っちまったら、おればかりが得をしちまうぞ」

「きょべ？」

「おや青刃さんも、栄吉さんに劣らず、きちんとしたお人のようだ。競っている相手に、気を遣いますか」

仁吉が笑う。これで人を食う悪鬼でなければ、青刃と栄吉は本当に気が合うだろうと、若だんなは思った。だが。

「早くことを、収めなければなりません。待っていられないんですよ」

栄吉が青刃に食われるか、人さらいがもみじに食われるか。事はそういう剣呑な話なのだ。若だんなは、離れにいる皆の顔を見た。

「でも不思議だ。人さらいは、急いじゃいないね。さっさと菓子の作り方を、手に入れようとしてないもの。どうしてだろう？」

あちこちから、声が返ってくる。

「返事をどこへ持ってきて欲しいか、文に書くのを忘れたんだと、おしろは思います」

「人さらい、そこまで間抜けじゃなかろう。屏風のぞきには分かる。相手は栄吉さんが頑張って、自分を探し出し、持ってきてくれると思ったんだよ」

とたん、阿呆と小鬼が声を上げた。

「きゅい、墨が切れたんで、文に書けなかったんだ」

別の小鬼も騒ぐ。

「作り方を、おうちへ持って来られると、ぎゅい、その時、若だんなに怒られる。だからきっと、書きたくなかったの」

「きゅい、きゅい。人さらい、本当はお菓子の作り方、欲しくはなかった、とか」

鳴家達が、我らは頭が良いと胸を張ったので、呆れた屏風のぞきが一匹の額を指で押し、畳へ尻餅をつかせた。付喪神と小鬼が、離れで戦いを始めようとしたその時、仁吉が双方を押しとどめた。

そして、突然黙ってしまった若だんなへ、仁吉は静かに声を向ける。

「どうかしましたか、若だんな。気分でも悪くなったとか」

「私は大丈夫だよ。でも仁吉、何で人さらいが急いでないか、答えが分かったみたいだ」

「おや」

「今、小鬼が言ったことが、きっと正答だ」

妖達が、呆然としてしまった。

「墨が切れたんで、人さらいは書きたいことも、書けなかった。若だんなは、本気でそう言うのかい？」

屏風のぞきが目を丸くしたので、笑って首を横に振った。

「違うよ。答えは三つ目の方だ。於りんちゃん達をさらってまで、人さらいは、あられなどの作り方を欲しがったはずだ。でも実は、欲しくなかったのかもしれない」

つまり大事なことではなかったから、つい、脅しの文に、どこでいつ受け取るのか、書くことを忘れてしまったのだ。

「じゃあ……何で、さらったんだ？　命がけだぞ。癇癪を起こしたら、もみじは人さらいを、あっさり食べちまうぞ」

仁吉が青刃へ、人さらいは、もみじが悪鬼だとは知らないと、思い起こさせた。ただ。

「人、二人をさらってます。なのにどうして、菓子の作り方は欲しくないんですか？」

「仁吉、人さらいは栄吉に、もう一つ求めてるよね。栄吉に、二度と菓子作りに関わってはいけないと、言ってきてる」

これが一番の目当てだったのかもしれないと、若だんなは考えたのだ。すると、何故だか青刃が一番に頷いた。

「あられの作り方は難しいもんじゃないと、栄吉さんが言ってたよ。つまり相手は、おおよその作り方を、もう分かってるんじゃないか。若だんなは、そう思ってるんだね？」

「きゅんげ？」

若だんなは頷き、もう一つ気になる事もあると、脅しの文に書かれた言葉を指さした。

「甘辛味噌団子。これは栄吉が、ごく最近作った品だけど、まだ売りに出してはいないんだ。皆が知ってる名じゃない」

なのに人さらいは、どうしてその名を、脅しの文へ書くことが出来たのか。

妖達の答えが並んだ。

「お菓子屋さんだから」

「知り合いだから」

「えっ……もしかして、栄吉が修業している店の主、安野屋さんが人さらいだって言うんですか？」

おしろの声に、屏風のぞきや小鬼が目を見開く。だが、若だんなは否とつぶやいた。

「安野屋さんが栄吉に、菓子を作るなというわけがないよ。もし、辛あられや甘辛味噌団子を安野屋でも売りたければ、あの旦那さん、さっさと作って安野屋で売ると思う」

そして自分の店の品も美味いだろうと、自慢するだろう。安野屋は腕の良い職人だから、多分、沢山売れて儲かるに違いなかった。そんな安野屋が、無茶をすることはないのだ。

「きゅい、なら安野屋さんじゃない」

「じゃあ誰だ？」

若だんなは一旦口を開いたが、すぐに言葉を飲み込んだ。それが栄吉と青刃、二人の競争の答え、人さらいの名だと分かっている。それでまず、青刃へ目を向けた。

「勝負は止めにしましょう。栄吉がここにいたら、それがいいと言うはずです。青刃さん、何故かと聞くんですね。それは、ですね」

人さらいである男の名を、栄吉や若だんなは承知しているが……青刃は知らないからだ。丁度、もみじや青刃が長崎屋へ来る前に、栄吉は、甘辛味噌団子がどうやって出来たかを、若だんなへ話していた。

「甘辛味噌団子は、味噌味の団子という代物です。でもね、それを思いついた、大元の品があったんですよ」

だが栄吉の団子は、真似たと騒ぐには、大きく元と変わってしまっている。ほとんどそっくりなあられを出すのも、勝手に出来る世の中だ。だから真似して作ったと、栄吉に文句はいえないけれど。

「甘辛味噌団子は、栄吉が元の菓子を見てから、作ったものだから。だから……人さらいは、我慢が出来なかったのかな」

その不満が、お前は真似したから、作らないでくれという気持ちに化けてしまったのだろう。あげく、於りんやもみじまで巻き込んだので、ことに悪鬼が絡み、奇妙な方へとずれ込んでしまったのだ。

仁吉がふっと、怖いような笑みを浮かべる。

「本気で、食うか食われるかという話に、なってしまいましたものね」

「もみじが食われる訳がない。あ、菓子を食うっていう話か。済まん」

とぼけた声を出す青刃の向かいで、若だんなは、人さらいの名を告げても良いかと聞いた。勝負はお預けとなる。それを承知して欲しいと言ったのだ。

「実は栄吉、その男と、先ほど表へ出て行ってます」

栄吉まで、さらわれたのかもしれないと聞き、青刃がゆっくり頷く。

「分かった、勝負は止めだ。人さらいの名を教えてくれ」

「ありがたい。名を、雪屋さんと言います」

二人が今、どうしているかは全く分からない。遠い国から来た男が、於りん達をどこへ隠しているのかも、分からなかった。

7

若だんなが、これからするべきことを、皆の前で並べた。

まずは、於りんともみじと栄吉を見つけ、連れ戻す。

それから雪屋の馬鹿を終わらせる。

更に、国元から江戸へ来るはずの、もみじの親御ともみじに、ちゃんと話をさせる。仲直りをしてもらう。

次に三百年前の若さんは、もういないのだということを、もみじに得心してもらう。

最後は本来、今の若だんなが言葉を挟むことではないが、どんな縁談相手とて、三百年前の死人とは競いたくないだろう。若だんなは、生まれ変わる前の己自身にも、不仲の元になって欲しくないのだ。

「誰も悪鬼に、食べられないで終わるといいんだけど」

若さんが好きなもみじが、江戸で誰かを食うとは思えなかったが、悪鬼は悪鬼であった。若だんなが、さて、まずどう動けばいいかを悩むと、仁吉は笑い、宴会に出す鍋に味噌鍋を追加した。

そして妖達を、人さらい探しに駆り出した。

「雪屋さんは他国者です。江戸に家はない。さりとて安野屋の店に、於りんさん達を閉じ込めたりはできないでしょう」

「おなごだと、騙して女郎屋などに売り飛ばす手も考えられます」

ならば二人を、どこへ隠したのか。そこが分かれば、雪屋も捕まえられそうであった。

だが、売る相手が悪鬼のもみじだと、大人しく従うとも思えない。

「青刃さんも、頑張ってもみじさんを探して下さいね。鳴家が帰ってきて、大分経ってます。いつ、もみじさんの親御さん達が江戸へ来られても、おかしくはないでしょうから」

親御が来た時、もみじが家に戻っていた方が良かろうと仁吉が言うと、青刃は真剣な顔で頷いた。

「腹が立ってきた。雪屋とやらを見つけたら、食っちまいそうだ」

「青刃さん、人を食っては駄目だと言ったでしょう？　もみじさんの親御に、あることないこと、言いつけますよ。大人しくもみじさんを探して下さい」

「……はい」

一方、酒と鍋が掛かっていると、妖達は張り切る。

「あたしは雪屋が、安野屋の倉へこっそり、於りんちゃん達を隠してると思うな」

屏風のぞきは自信満々だ。

「じゃあ、おしろは……雪屋さんが江戸にいた頃の知り合いを、探してみます」

「きゅわ、於りんちゃん、三春屋さんにいるかも。三春屋さんには大福、ある」

「鳴家、二人が栄吉さんの家にいたとしたら、人さらいにあったとは、言わないと思うが」

「鳴家は賢い。お菓子のあるところ、すぐに分かる」

呆れた長崎屋の妖達が、離れから飛び出してゆくと、後に、江戸には詳しくない青刃が、困った顔で残った。

「おれは、どこへ行こうかな」

すると若だんながにこりと笑い、頼んだ。

「当てがないなら、私と一緒に出かけてくれませんか。今の小鬼の言葉を聞いて、雪屋さんが二人を隠した場所を、思いついたんです」

若だんなは鳴家が最近、冴えているのではと言ったのだ。青刃が頷く。

「お菓子のありかが、分かると言ってたな」

「行きたいのは、菓子屋ではなく寺です」

仁吉が、舟で出るならばいいと言ったので、若だんな達三人は、猪牙舟（ちょきぶね）で堀川を北の方へと向かった。妖達が気にした安野屋には行かず、隅田川を遡ると神田川に出て、更に西へ向かう。そして新橋の辺りで舟を下り、それから駕籠（かご）を頼んで更に北へ向かった。

青刃には、さっぱり分からないようであったが、行き先は馴染みの場所であった。

「若だんな、どうしてまた、広徳寺に於りんさん達がいると、思ったのですか？」

行き着いた場所は、江戸でも名の知れた寺で、若だんなと親しい高僧寛朝がいる。三人は、広い広い境内へと踏み込んだ。

「雪屋さんが、もみじさんは鬼女だと察しをつけたのでしょうか。妖退治で高名な広徳寺を、頼ったとでも？」

「雪屋さんはもみじさんのこと、今も妖だとは思っちゃいないだろう。食われなければ」

ただ、栄吉が修業に出ると決まったとき、若だんなは広徳寺の寛朝に、会わせたことがあった。修業先の安野屋は、三春屋よりずっと北の方にあったから、三春屋の檀那寺とは遠かった。そして菓子はお供え物にも使うし、贈答の品にもなったから、菓子屋は上野の寺と縁が深かったのだ。

「栄吉が上野へ、足繁く行くと言ったから」

それで若だんなは、安野屋の主にも言いづらい事が出来たとき、頼る先として、広徳寺を教えておいたのだ。

「そういう寺なら、他の奉公人にも教えたかもしれないよね。特に雪屋さんは、他国から来たという人だ。安野屋近くの寺に、馴染みはなかったろう」

だが、誰かに頼りたい事もあったはずだ。そういうとき行く先として、同じ奉公人である栄吉が、知っている寺を教えたのではないか。若だんなはそう思いついたのだ。

「雪屋さんが、於りんちゃん達を預けられる場所は、あまりない」

以前の知り合いがいても、六畳一間の長屋暮らしでは、一度に二人も三人も預けられはしない。安野屋の知人では、すぐに話が伝わるから駄目だ。多分、人さらいは急にやった事だろうし、前々から家などを用意してはいないはずだ。ならば。

「広徳寺なら広い。そして、あそこならば、於りんちゃん達を閉じ込めずとも、しばらく居てもらえそうだ」

長崎屋の若だんな達が後から行く。待ち合わせの場所だとでも伝えて、寺で待たせておくことが出来るのだ。

青刃は眉間に皺を寄せた。

「もみじ達を閉じ込めてないってのかい？　そんな半端な人さらいをして、何になるのかね？　それじゃ、脅しにもなりゃしないよ」

若だんなは境内を歩みつつ、言葉を続ける。

「今回、於りんちゃんたちはあっさり、長崎屋から連れ出されてます。私は、いつでも人さらいをすることが出来るぞって、脅されたように感じてます」

自分が絡んだことで、娘二人を一時、行方知れずにしたのだ。二人を見つけることが出来ても、栄吉はこの先、新しい団子を売るのを止める気がする。そうなれば……人さらいで捕まったりせずに、雪屋の望みは叶うのだ。

「栄吉さんに、菓子屋を止めさせて……どうするんだ？」

青刃は得心いかない様子で、問うてくる。すると、仁吉には答えが見えているようで、寺の堂宇へ目をやりつつ答えた。

「雪屋さんは、修業に来ていた江戸から、一度、国へ帰ってます。ですが本心はやはり江戸で、店を開きたかったんでしょう」

江戸には、百万の人が住むという。そして武家や僧が多く、贈答の品として扱われるゆえ、高直な菓子もこの地では、多く売れているのだ。新たな菓子を考え、売り出して行ける場所であった。菓子屋として生きてゆくのなら、面白い地であるに違いない。

ただ。

「江戸で一から店を開くのには、お金がかかります」

仁吉の言葉に、若だんなが頷く。

「もう安野屋さんを辞めているし。長く勤めて、暖簾分けを願うことも出来ないよね」

ならばと、本当に小さい道端の店で、団子のような、決まったものを売る商いから始めようとしたのだろうか。雪屋は味噌饅頭を考え、安野屋に助力を求める気で、江戸まで来たのかもしれない。

「ところが、だ。餡子以外のことは得意な栄吉が、あっさり味噌饅頭の足りない点を見抜いた。さっさと改め、新しい品を作ってしまったんだ」

三人は、寛朝の暮らす直歳寮(しっすいりょう)に行き着くと、見かけた御坊に声をかけ、長崎屋の者だと名乗った。いつも寄進を欠かさないでいるから、若だんなは、すぐに取り次いで貰えるのだ。

雪屋の味噌饅頭を味わった安野屋は、栄吉に、どう思うか考えを問うている。一方安野屋は、栄吉の味噌団子を食べたとき、それを売り出し、三春屋へ帰るよう言った。その差が雪屋に、分からなかったはずがないのだ。

「雪屋さん、自分の菓子をなぜ勝手に変え、しかも売る気なのかと、栄吉のこと、怒ったんだね」

その後、人さらいに走ってしまったのだから、腹の中に納めておられないほど、癇癪を起こしたのだ。

(だけど)

「商人としては、駄目ですね」

仁吉があっさり言う。若だんなが頷いた。

怒る前に、忘れてはいけないことがあったのだ。若だんなは、静かに息を吐いた。

「栄吉は、青刃さんにも言ってたんでしょ。辛あられが売れたら、江戸では似たようなあられが出たって。沢山、あちこちで売られるようになったって」

自分の菓子が、元祖だという誇りを持っているのはいい。だが、そもそもお客がそれを、凄いことだと思ってくれなくては、〝元祖〟に価値が出ない。

「雪屋さん、栄吉さんに腹が立ったら、すぐに言うべきだったんだ。そして反対に、自分の饅頭を売りたいから力を貸してくれと、頼めばよかった」

それが言えなかった時、既に饅頭と団子の勝敗は、見えてしまったのだ。

「味噌饅頭が、今回人さらいの騒ぎを起こした訳だとしたら。多分、於りんちゃん達は無事だ。さらわれたことも、分かってないかもしれない」

栄吉は、まだ何も盗られてないし、これから盗られることもないはずだ。つまりこの件は、奉行所で裁かれることはない。周りも、そんなことにはしないと思う。

「雪屋さんは最初から、そういうふうに事を運ぼうと、思ってたんじゃないかな」

若だんなに言われて、青刃は首を傾げた。

「なんだか、すっきりしないね。だけど、その終わり方になるのは、さ。もみじがさらわれた事に、気が付かなかったらの話だな」

もし、もみじが、雪屋の不心得に気が付いたら。もみじをさらったことで、栄吉に脅しをかけたと知ったら。

「あいつは、大人しくしてないぞ。この寺に、妖封じで高名な高僧がいても、雪屋を放っちゃおかない」

だがと言い、青刃は笑った。

「まあ、もみじ達がさらわれたことを、この寺にいる者は、知らんはずだ。若だんな、大事にはならないだろう」

「……青刃さん、知ってる者はいます。寛朝様は知ってる。小鬼達を助けて頂いた礼をしたとき、事情を知らせました」

寛朝が弟子の秋英（しゅうえい）と、その話をすれば、それは広徳寺にいる妖達にも聞かれ、伝わってしまっただろう。悪鬼も妖だから、話がもみじへ伝わっても、若だんなは驚かない。

仁吉がさらりと言葉を続ける。

「いよいよ本当に、人が食われるかという話になってきましたね。寛朝様は大変だ。広徳寺の中で、悪行をさせるわけには、いかないでしょうし」

「仁吉、何でそんなに落ちついてるんだ？」

若だんなが食われるのでなければ、兄やは騒がないのだ。仁吉が少し首を傾げる。

「それにしても、どうしたんでしょう。今日は不思議と、直歳寮の奥へ通されるのが遅いですね。若だんな、疲れませんか。そこに見える階段に、一旦座られたらどうですか」

いや、それでは体が冷えてしまうかと、仁吉が心配をしている間に、広徳寺がいつもと違う訳が、突然目に飛び込んでくる。直歳寮の広い境内を、走ってくる者がいたのだ。それを追う姿もあった。

「何と、もみじが誰かを追いかけてる！」

青刃が声を上げ、若だんなが頭を抱えた。

「雪屋さんだ。もみじさん、あの人が人さらいだと知ったんじゃないですかね。でも雪屋さんは、栄吉と会ってたはずなのに。何で今、広徳寺にいるんだろう」

若だんながつぶやいた時、後ろから栄吉の姿も現れた。やはり雪屋を追っている。

「昼餉に出て、二人きりになったとき。いよいよ雪屋さんが、人さらいの顔を現したか」

栄吉が甘辛味噌団子を売り出すのを、きっちり止めたかったのかもしれない。

それとも昼餉を食べていた場で、人さらいしか知るはずもないことを雪屋が言い、栄吉は、一切を承知したのだろうか。それなら広徳寺へ、おなご二人を探しに来るのも分かる。

「とにかく大事になった。もみじに事情が知れたら、こりゃ、ただじゃ済まん」

青刃がそう言ったとき、今度は寛朝が駆けてきた。しかし、追いつけそうもない。高僧は若だんな達が来ているのを見つけると、前を行く者達を指し、止めてくれと言ってくる。仁吉がため息を漏らした。

「雪屋さんが駆けるのを止めたら、もみじさんに食われますね。ああ雪屋さんは、自分だけ良い目をみるなんてことは、出来なかったわけだ」

止めるならまず、もみじからだろう。しかし怒った顔のもみじは、本当に強そうであった。では誰が、どうやって止めるか。

「青刃さん、止めて下さい」

「と、とんでもない。仁吉さん、あいつはおれより強いんだ」

「でも事が長引くと、その内もみじさんの親御が、江戸へ来てしまいますよ」

「だけど……この広徳寺へは来ないさ。長崎屋へ行くだろう」

青刃が妙に低い声で言うと、親御らは広徳寺のことを承知していると、若だんなが語った。小鬼が悪鬼の村へ行くとき、迷子になって寺を頼った。よって広徳寺の寛朝が天狗に頼み、小鬼達を村まで運んで貰ったのだ。

「天狗に聞けば、小鬼がどこから来たのか、分かります。江戸を訪ねるなら、いきなり知らない長崎屋を探すより、まず高名な広徳寺へ来る方が楽でしょう」

「……それは拙い。あいつの親に、おれが何もしなかったと知れるのは、本当に拙い」

青刃はもみじを止めると言い出し、腹をくくった顔で、好きなおなごの所へ駆け出した。

「もみじ、止まれっ。たまにはおれの言うことを、聞いてもいいだろうがっ。何年かぶりの頼みだっ」

止まったら、ついでに嫁さんになってくれと付け加えたので、まだ諦めていなかったのかと、仁吉が苦笑を浮かべている。

「もみじさんの若さんは、とうに亡くなってる。青刃さん、もみじさんにとって、いい旦那さんになると思いますが」

若だんなは頷くと、何故だかここで不意に、言葉に詰まってしまった。菓子屋や、友や、悪鬼や、妖や……沢山の、必死の思いが染みてきて、切なく苦しくなってくる。中には悪事もあったが、そういうことが起きたと分かっていてもなお、胸の奥が苦しい。

(雪屋さん、ことは露見したよ。この後、どうするんだろうか)

するとそのとき、於りんが直歳寮の奥から出てきたので、無事で良かったと、若だんなは思わず大きな声を出してしまった。於りんは何も知らないようで、首を傾げている。

「若だんな、やっと来たんですね。遅いです。寛朝様は本当に若だんなが来るのかって、戸惑っておいででしたよ」

そうしている内に、もみじがまた横を駆け抜けて行き、於りんは驚いた顔でその後ろ姿を見ている。じき、青刃がもみじの腕を掴み、力尽くで止めた。一瞬、もみじがその手に食いつくかと思ったが、睨み合っただけでいる。

寛朝が急ぎ駆け寄って行った。だが随分走ったのか、しばし説教すら出来ないでいる。

「さて、ようよう事が終わりそうです。誰も食われなかった。立派な終わり方です」

最後は、誰が一番説教を食らうだろうかと仁吉が言う。大事が起きたというのに、若だんなは思わず泣き笑いを浮かべてしまった。

「私達も寛朝様に、叱られるかもね」

「は？　何故です？」

仁吉が首を傾げ、隣で於りんも、きょとんとしている。

そこへ寛朝の大声が聞こえ、一番に叱られたもみじ達が、首をすくめている。

騒ぎはまだ終わっていないが、それでも若だんなは、ほっと息をついた。広徳寺の直歳寮の庭は、穏やかな光に包まれていく気がした。

こわいものなし

1

江戸は通町にある長崎屋の若だんなは、朝、病に罹って起きられないことが多い。

そして昼間も熱が出て、寝付いていることがよくある。更に夜になると、熱がぐぐっと高くなり、やっぱり伏せっていた。

気が付くと、一日中寝込んでいるわけだ。

そんな暮らしが嫌で、たまに調子が良いと、若だんなはつい無理をし、また律儀に寝付く。もう若だんなと呼ばれる歳になっているのに、そういう毎日が続いているのだ。

だから友、というか、日々を一緒に過ごす知り合いが少ない。そもそも家の者達以外の顔を、見ることが希で、情けなかった。

ただ。それでも世の中に救いはあると、若だんなは思うのだ。

(うちには、妖達がいるもの。そうでなかったら、私は本当に、一人きりでいることが多かったんだろうな)

長崎屋は、先代の妻、おぎんが人ならぬ者であったから、若だんなの住まう離れには、妖が多く顔を見せているのだ。よって並の人となると、客とすらたまにしか会わなかったが、若だんなは寂しくはなかった。

ところが、珍しくも最近、若だんなは何人もの人と、続けざまに知り合うことになった。きっかけを作ったのは、笹女(ささめ)という三十路のおなごだ。三味線の師匠をしているとかで、綺麗な人であった。

だが一昨年、亭主の黒松(くろまつ)が、別におなごを作り、家にあった金を残らず持って逃げたとかで、笹女は体を壊した。そしてその後、ずっと調子が悪いというのだ。

しかし医者は呼ぶと大層高くつくし、薬も購い続ければ結構な額になる。病で、三味線を教える日が減っている笹女は、薬を買えない時が増え、益々具合を悪くしていた。

すると。

その様子を心配し、長崎屋が持つ借家、一軒家に住むおしろへ、相談を持ちかけた者がいた。笹女が飼っている猫で、ダンゴという。話すくらいだから、もちろんただの猫ではない。齢(よわい)二十二、既に猫の妖、猫又(ねこまた)となっていた。

「笹女さんは、捨て猫だったおいらを、拾ってくれた恩人なんだ。おしろさんは、薬種問屋(やくしゅどんや)の若だんなと親しいんだろ？　笹女さんに、何とか安く薬を売ってもらえないだろうか」

笹女には今、身内がいない。近所の者達が気に掛けているし、隣に住む独り者の夕助(ゆうすけ)などは、ことに優しいが、長屋暮らしの面々は、揃って懐が寂しかった。食い物を分けることは出来ても、薬の用意は無理なのだ。

「分かった。若だんなに頼んでみるわ。きっと力になってくれると思う」

　同じ猫又のよしみで、おしろは請け合った。そしてさっそく若だんなに縋ったところ、翌日ダンゴと共に、長崎屋の離れへ呼び出された。おしろ達へ返事をしたのは、若だんなではなく、薬種問屋を仕切る兄やの仁吉だ。

「おしろ、長崎屋の薬は商売物なんだ。妖が、仲間内へただで配るものじゃない。そこの線引きは、分かってなきゃ駄目だろうが」

　一番にそう言われて、おしろとダンゴは庭で首をすくめてしまう。だが、若だんなは大丈夫だよと笑い、仁吉は薬を出してくれると請け合った。

「お金は金次が出してくれたから。おしろが薬を欲しがっていると言ったら、昨日離れに置いていったお金を、使ってもいいいってさ」

　金次は貧乏神で、その名に違わず、せっせと人を貧乏にしている。だが、当人は金に執着などない。たまに金が転がり込むと、一軒家の飯代にするか、離れの碁盤の辺りに放り出してあるか、なのだ。

「まあっ、助かります。金次さんにはお礼に、戸塚の猫又仲間の秘伝、味噌漬け卵をたっくさん作って出します！　あれ、ほかほかのご飯に載せて食べると、本当においしいんですよ」

　卵は高いから、一軒家ではたまにしか作らないのだが、金次の好物なのだという。若だんなが笑って頷き、横で仁吉が、ただしと言葉を続けた。

「薬を作る前に、まずは病人の笹女さんと、会わなきゃならない。どういう病なのか、どこまで悪いのか、知らねば薬は作れないからな」

聞けば笹女は、もう長いこと具合が悪いようであった。ならば、もしかすると。

「診たら、重い病だと、分かることもあり得るよ。それを承知で頼むなら、薬を作るが」

ダンゴが、戸惑った顔で仁吉へ問う。

「万一、助からない病だったとしても、薬を作ってくれるんですか？」

「薬湯で病の進みを遅らせたり、体の痛みを取ったり出来たら、病人は助かるだろう？　命が尽きるとしても、その日まで、なるだけ楽な方が良かろうさ」

「ああ、そういう事が出来るんなら、お頼みします。笹女さん、最近よく咳をして辛そうだもの」

笹女はこの世に猫又がいることを、とうに承知しているとかで、ダンゴが話をし、長崎屋へ連れてきた。仁吉は、かなり弱っていると見たてたが、今なら間に合う、治していくことは出来そうだと言う。

長崎屋の薬を飲むと、その言葉の通り、笹女は大分調子を良くし、月に一度、長崎屋を訪れることになった。ダンゴはほっとして、まずは長崎屋の皆に頭を下げ、その後、働きたいと言い始めた。

「逃げた元の亭主、黒松は、金を奪って消えただけじゃないんで。借金も残してね。そのせいで、笹女さんは苦労続きだ」

ダンゴは店賃や米代くらい、己が稼げるようになりたいと話したのだ。

「人には化けられますよね？　なら働く先で、妖だと知られないようお願いしますよ」

おしろが、噺家になっている妖の場久に頼み、ダンゴは寄席で下働きを始めた。これで笹女のことは当分安心だと、皆、ほっとしたのだ。

　ところが。笹女の話はある日、妙な方へ転がり出した。そして若だんなは、また一人、知り合いを増やすことになった。

　昼過ぎのこと。若だんなが屏風のぞきと碁を打ち、横でおしろが茶を淹れていると、離れに近い木戸が開いた。すると笹女と同じ長屋で、隣に住むという夕助が、笹女の代わりに薬を取りに来たのだ。

「笹女姐さんへ煮物を分けに行ったら、熱が出て、赤い顔をしてまして。寝かしつけて、代わりにきました」

「まあ、気が利くこと」

　おしろは急ぎ母屋へ行き、仁吉を呼んだ。ただ少しばかり、首を傾げていた。

（夕助さんて人、何で店表じゃなく、わざわざ離れへ来たのかしら）

　仁吉が奥で薬を渡すと、夕助は律儀に頭を下げ、笹女の様子を伝えてくる。だがその後、何故だか帰らず、離れの縁側に腰を下ろしてしまった。それから長崎屋の皆へ、突然で済まないが、ちょいと聞きたいことがあると口にした。

「あら、何でしょ」

「おや色白の姐さん、あんたがおしろさんだね。ダンゴが語ってたお人だ」

「は？　ダンゴ？」

「おしろさん、おれはね、聞いたんだ。この世には妖がいる。ああ、お前さんも、そうなんだろうね」

「えっ？」

おしろは魂消(たまげ)、屛風のぞきは若だんなと顔を見合わせた。夕助は更に語り続ける。

「いや、おれ自身はただの人、青物の振り売りなんだがね。笹女さんの隣に、たまたま住んでたんで、分かっちまったんだな」

笹女は一人暮らしだ。それで夕助は隣から聞こえてくる物音へ、気を配っていた。

「笹女さんが寝込んだら、飯はおれが炊き、長屋の皆からは夕餉(ゆうげ)のお菜を分けてもらおうと、算段してたんだ」

時々、薄い板壁に耳をつけ、隣の音を聞いたりしていたと、堂々と言う。

「ところがある日、おれは気づいちまった」

笹女は〝ダンゴ〟という名の誰かと、よく話をしていたのだ。夜でも、朝早くでも。

「ダンゴってぇのは、隣の猫の名だ。だがね、どう考えても鳴いてたんじゃなく、人の言葉を喋ってたんだな」

ダンゴは笹女の身を心配し、早めに寝るよう促していた。笹女が、まだダンゴの餌を用意してないと案じた日など、勝手に鼠でも捕るから、心配するなと声が続いた。

（ね、鼠？　話してるダンゴは、やっぱりあの猫なのかっ）

夕助は声を上げそうになって、慌てて口を手で塞いだという。そして、その時黙ったおかげで、二人の話を聞き続けることが出来たのだ。

つまり、だ。

「あの猫は、猫又になってるんだろう。妖だ。このお江戸には、本当に人ならぬ者がいたんだよ」

　この世には、夕助が承知していたのとは、違う理が有あったのだ。

「何しろダンゴはね、笹女さんへ、こんなことを言ってたんだ」

　金を盗られ、体を壊し、今は悲しいかもしれない。しかし、いつか生まれ変わったら、神様は笹女をきっともっと強い者にしてくださる。次がある。だから、嘆かなくともいいのだと。

「その上だ。この長崎屋には、知り合いの猫又がいるとも言ってたぜ。おしろという名の猫又が、長崎屋の若だんなに頼み、笹女さんの薬を都合してくれたのだそうだ」

「おや、あたしの名が出てきましたか」

「若だんな、つまりお前さんは、猫又の知り合いなんだ。妖と親しいんだな」

　このお江戸が不思議に満ちていることを、若だんなはとうに、承知していたわけだ。夕助は目をきらきらと輝かせ、拳を天に向け突き上げた。

「ああ、面白いねえ。いいねえ。この世には妖がいる。神様も本当に、おいでだ。おまけに、おれたちは死んでも、また生まれ変わるんだってよ！」

　凄いではないか。夕助は本当に嬉しいようで、満面の笑みを浮かべた。

「じゃあ、死にそうだと、怯えなくたって良くなる。となりゃ、怖いもの無しだ！　すんげーじゃないかっ」

　ならば皆、好きなことが出来ると思う。

「おや、そう来ますか」

　仁吉が口元を歪めたが、夕助は黙らない。

「例えば、悪党に立ち向かうことも、怖くなくなるぜ。格好良いやな」

燃えている家へ飛び込み、人を助けることも、躊躇なくやれるに違いない。いやいや、美人に振られることすら、あっさり諦めがつきそうだ。生まれ変わった後、別のかわいい子と、巡り会えばいい。

「嬉しいねえ。おれは江戸一、格好いい男になれる。派手な一生を送れそうじゃないか」

夕助は、うっとりとした口調で言い切った。しかし……すぐに皺を眉間に刻むと、呆然として聞いている離れの皆へ、顔を向ける。

「でもさぁ、人が生まれ変わるって話が本当なら、何でもっと世の中に広まってないのかね。誰かが、よみうりに話をしていても、良さそうなもんじゃないか」

だが夕助は、そういうよみうりを、読んだことがなかった。だから流行病(はやりやまい)の話を聞き、人殺しの噂を知ると、震えていたのだ。

「それでさ、おれは今日、人ならぬ者がいるっていう長崎屋へ、聞きにきたんだよ」

なぜ江戸の皆は毎日地味に、生真面目に生きているのか。そこを知りたいという。

「妖と付き合いのある若だんななら、承知してるんじゃないのかな？」

夕助は真剣な顔で、説明をしてくれと迫ってくる。

「若だんな、話してくれよ。さもないと、長崎屋が妖と関わっていることを、町で話しちまうぜ」

夕助が、いささか偉そうに言う。

すると、だ。若だんなより妖達が、先に動いた。不機嫌な小鬼(こおに)達がきゅい、きゅわと鳴き、まずは夕助の周りを取り囲む。次におしろが怖い顔で、尻尾を現して振った。

そして。慌てて妖達を止めようとした若だんなの横で、いつの間にか離れへ来ていた佐助が、一番に動いた。

「若だんなを脅す気か。ふざけるなっ」

夕助の頭へ拳固を振り下ろしたのだ。

「佐助、そこまでしなくたって」

「若だんな、こいつは転生をありがたがってました。つまり死すら、怖くないはずです。拳固くらい、へとも思いませんよ」

「……そうかしら。ねえ夕助さん、大丈夫でした？」

しかし、勇敢な夕助からの返答はなかった。夕助は、縁側から転げ落ちてしまい、小鬼達につんつんと突かれても、しばらく目を覚ますことすら出来なかったからだ。

2

「この腐れ外道っ、子供を離せっ。まだ小せえ子を、吉原へ売り飛ばそうってぇのは、どういう了見なんだっ」

「なんだとっ。そっちこそ、いきなり因縁をつけてくるたぁ、怖いこった。お前さん、赤の他人だろうが」

若だんな達が乗る舟より、先を行く一艘には、夕助や佐助が、他の客達と一緒に乗っていた。

そこで突然、夕助と子連れの男が、睨み合いを始めたのだ。

若だんなや妖達は、目を丸くして夕助を見つめたが、後に続く舟に乗っているから、止める事も出来ない。川面を、剣呑（けんのん）な言葉が流れてきていた。


夕助が長崎屋へ来た、翌日のこと。若だんな達は夕助を連れ、舟で上野の広徳寺（こうとくじ）へ向かうことになった。

兄や達は、英雄を夢見て浮かれる夕助に、輪廻や転生の話を納得させるのは、ご免だと言い切った。

「私らは、若だんなを守るのに忙しい。こいつの世話などしてる間はないんですよ」

しかし妖のことを知られているゆえ、夕助を放っておくわけにもいかない。よって二人は、転生について教える役目を、僧へ押っつけると決めたのだ。

若だんなは、いささか不安げに問うた。

「広徳寺へは、先の月にも伺ったよ。また、もめ事を持って行くと、面倒事を寺へ押しつけるなと、寛朝（かんちょう）様がお怒りになりそうだけど」

「寛朝様は手元の金が無くなると、気晴らしに寺へ来てはどうかと、若だんなへ文（ふみ）を下さいます。そしてそのたびに、寄進を受け取っておいでだ」

そうやって利を得ているのなら、広徳寺も、たまには長崎屋の役に立っても良いはずと、佐助は口にする。

「困っている民を救わない寺は、寄進など集められません。長崎屋もこの先、金を出しづらくなります。そう申し上げたら、きっと快く相談に乗って頂けますよ」

横で聞いていたおしろが、首を傾げた。

「あの、佐助さん。それって、快くと言うのですか?」

「もちろんだとも。ま、寛朝様は高僧だ。だから、腹の内ではうんざりしても、立派に振る舞って下さるさ」

妖達は揃って、一緒に上野へ行くと言い出し、誰が向かうかで喧嘩が起きた。

行くと決まれば若だんなは、いつものように三春屋で、手土産の菓子を沢山買う。それを見た若だんなが言うと、兄や達が眉間に皺を刻む。

「じゃあ、皆で行こう」

「若だんな、最近、妖達を甘やかし過ぎです」

「でも仁吉、佐助。妖が姿を現して、ゆっくり出来る先は、そう多くないんだから」

「きゅい、じゃ、兄やさん達、残る?」

「もちろん、我らは行くさ」

結局、舟を二艘頼まねばならなくなったが、急なこととて、やりくりがつかない。長崎屋の者以外の客も一緒に乗るということで、若だんな達は二手に分かれ、何とか舟に乗り込んだ。

「きゅい、お土産のお菓子を、寛朝様はきっとくれるの。たっくさん、くれるの」

よって若だんなと共にいる妖達は、大変機嫌良く舟に乗っていた。

ところが。その安堵もつかの間、前をゆく、夕助や佐助が乗っている方の舟で、何故だか突然諍いが起きて、若だんなが目を向ける。

「あらま、堀川の上で騒ぐなんて。舟がひっくり返ってしまうよ」

騒いでいるのは夕助と、子連れの男であった。狭い舟の中だから、男と子供の話が耳に入ったのだろう。昨日から、怖いもの無しになっている夕助が、舟の上で突然立ち上がり、腐れ外道と、子連れ男を怒鳴ったのだ。

「そんな小さな子を売り飛ばして、儲けようっていうのか。気に入らねえ」

「あ……あの男、人買いなのか」

若だんなは眉をひそめたが、人買いは表向き、子供の奉公という形を取って、親と証文を交わしている事が多い。子が売られてゆくと思っても、周りが簡単に救いの手を出せないよう、手を打ってあるのだ。

ところが。ここで女の子が、驚くようなことを言い出し、事が大きくなった。

「あたし、この男の人にさらわれました。あたしの親、あたしを売ってません」

親は乾物屋で、裕福だと言うと、人買いは十くらいの女の子を睨んだ。

「おこん、お前さんの親が、売ったことを黙っていただけだ。よくある話さ」

「でも、この人さらいが、自分は証文を作った。だから、もう家には帰れないって言うんです。本当に、そうなんですか？」

「馬鹿言うな。そんなことがあってたまるか」

薄ら笑いを浮かべた人買いに、夕助が摑みかかった。男二人が暴れたものだから、舟が大きく揺れ、他の客から悲鳴が上がる。

「拙いよ。佐助、何とかして」

若だんなが後ろの舟から声を上げると、はて、どうして若だんなの危機でもないのに、己が動くのかと、兄やが首を傾げている。

「しかし、若だんなの望みですからね。叶えねばなりません」

佐助は小鬼をひょいと摑むと、影の内へ放り込んだ。

「鳴家、子を奉公に出すという証文を、見つけて取ってこい。きっと人買いの、振り分け荷物の中にあるはずだ」

「証文？　きゅべ、美味しい？」

「ああ、おいしい」

小鬼はすぐに証文を見つけたが、齧ってまずかったらしく、さっさと放り出す。それが風に舞っているのを見た途端、慌てたのは人買いであった。

「は？　何で証文が、ひらひら浮いてるんだ？」

人買いが証文に飛びついたとき、夕助がそれを奪おうと、横から手を出す。舟がまた大きく揺れ、女の子が悲鳴をあげて、舟から落ちそうになった。佐助は夕助達を睨みつつ、おこんの手を摑む。

すると、その時。

「てめえらっ、いい加減にしやがれっ」

舟を何度も揺らされたことに、船頭が、かんしゃくを起こした。長い棹を、すっと水から引き上げると、それを大きく振り回したのだ。棹は立っていた二人、人買いと夕助の背を打ち、堀川へ吹っ飛ばした。

「げほっ、ひーっ」

　夕助は泳げず流されたが、人買いは器用に水を切り、大して広くもない堀川の岸にあった杭を摑んで、息をついている。若だんな達が、後ろの舟へ夕助を引き上げようとすると、仁吉が首を傾げ、馬鹿をして川に落ちた男を、舟から見下ろした。

「若だんな、夕助は転生をしたがってました。死なきゃ、生まれ変われない。このまま川で土左衛門になった方が、当人、喜ぶんじゃないですか？」

「よっ、喜ばない。げほっ、溺れる。助けてくれっ」

「それじゃ転生できないですよ。おや、それでもいいから助かりたいんですか」

　場久やおしろも手を貸し、水から上げたとき、夕助の着物に引っかかっていた証文が、破れて川に流れてしまう。若だんなが笑みを浮かべる。

「おや。これで怪しい証文は消えた。おこんちゃん、家へ帰ることが出来るよ」

　前の舟に乗る佐助が、おこんに家の場所を問うと、相模国だという。藤沢というと、旅支度が必要な遠さで、このまま送ってゆく訳にもいかない。

　佐助が小鬼を一匹、後ろの舟へ放って寄越し、おこんも広徳寺へ連れて行くと伝えてきた。若だんなが頷き、おしろが笑う。

「佐助さんはきっと、広徳寺のお坊様に、おこんさんを送らせる気ですね。西の寺へゆくついでに、子供を救って下さいと言って」

「あの、あたし、家へ帰れるんですか」

皆がおこんに、大丈夫だと請け合うと、子供はほっとした顔になり、じき、早く親に会いたいと泣き出す。その声が聞こえると、ずぶ濡れの夕助が何故だか胸を張り、誇らしげに語り出した。

「おれときたら、さっそく人の役に立ちましたね。さらわれた女の子を救うなんて、我ながら凄いや」

やはり転生すると分かっていると、勇気が出るものだと夕助が頷く。だが舟の内の妖達は、揃って文句を言い始めた。

「女の子、助けたのは、きゅい、前の舟の船頭さん」

「夕助さんを救ったのは、長崎屋のあたしたちですし」

「おしろさん。夕助さんはとんと、役に立ってませんよね？」

「場久さん、役立たずだなんて、本当の事を言っちゃ気の毒ですよ」

「お、おれは……そうだ、証文を破いたじゃないか」

「きゅべ、あれ、破けたの。破いたんじゃないの」

証文が美味しくなかった為か、小鬼達の言葉は厳しい。しかし、おこんが助かったのは確かだと、若だんなは言葉を添えた。

「夕助さん、これで、ちょっとは気が済んだかしら。おや？　そっぽを向いてる」

勇者を気取るのは、心地よいことかもしれないが、恐ろしさや危うさも道連れとなる。

「川へ落ちて、溺れそうになりましたからね。この後、寛朝様からがつんと叱られれば、夕助も懲りますよ。輪廻や転生などという言葉を、嬉しげに繰り返す事もなくなるでしょう」

仁吉の言葉に、若だんな達は頷く。皆はゆったりと舟に揺られつつ、北へと向かった。

3

「あれ……？」

若だんなや妖達は、境内に入ったところで、揃って目を見張った。高僧寛朝とは馴染みで、広徳寺には何度も来ているが、今日はいつもと、様子が違ったからだ。

広徳寺は江戸の名刹であり、本当に広い。しかも僧の数も、多い寺であった。なのに参道を突っ切り、並び立つ堂宇の側を歩んでも、見かけるのはお参りの者ばかり。僧の迎えが、表に出てこないのだ。仕方なく一行は道を横に逸れ、己達で直歳寮へ向かった。

「はて、寺が忙しい日なのかしら」

若だんなが首を傾げた、その時だ。ひゅんと、何かが空をきる音がして、皆が顔を空へ向ける。すると、だ。丸くて、大きくて、黒々としたものが、何故だか寺の空を飛んでいた。そしてそれは真っ直ぐ、若だんな達の方へ向かっていたのだ。

「きゅんべーっ」

鳴家達が悲鳴を上げ、若だんなの袖内に逃げ込む。だが丸い塊は、その若だんなへ襲いかかってくるように見えた。逃げても、追ってくるかのように思えた。

「若だんなっ」

悲鳴が上がったが、付喪神や猫又は、驚いて動くことも出来ない。このとき夕助が、本当に剛の者と化し、若だんなを庇った。しかし黒い玉は、夕助と若だんなを二人とも、潰しにかかってくる。

「ひゃああっ」

境内に悲鳴が響いた。

その時、だ。風が若だんな達を巻き取った。大きな塊が落ち、跳ねて飛んだ跡には、へこんだ地面しか残っていなかった。

「きゅ……べ？」

若だんなと夕助を救い、抱えて木の陰まで飛んだのは、黒目を針のように細くした仁吉であった。佐助はそれを承知した後、己自身が風になったかのような早さで、塊が飛んできた方、直歳寮に向かって駆け出している。

「夕助さん、あんた、よく若だんなを庇ってくれたな。感謝するよ」

仁吉は低い声で言うと、二人を木の陰へ下ろし、落ちてきた物が何なのか、見に行った。しかし夕助は、褒められたというのに眉尻を下げている。

「いや、でも……役に立たなかったな。おれも仁吉さんみたいに、若だんなを助けたかったんだが」

仁吉が庭木の脇に転がった塊を見つけ、蹴飛ばして道へ出した。妖達は、落ちてきたものを見て、眉根を寄せる。

「何とっ、木魚じゃないか」

木魚は御坊達が経を唱えるとき、横で叩いている、丸っこい仏具だ。頑丈で、こんなものに空から襲われてはたまらない。おまけに飛んできた木魚は、驚くほど大きかった。仁吉は黒目を針のようにしたまま、木魚を踏みつけている。

「広徳寺の御堂で、お勤めに使っているものでしょうか。一体どうして、誰が、境内へ放り投げたのか」

「きゅい、付喪神？　自分で飛んだの？」

「それ、まだ妖にはなってねえと思うぞ。それにその木魚、人が一人で投げるのは、無理な大きさじゃないかね？」

屏風のぞきが、何人かで投げたに違いないと言うと、他の妖達も頷く。

「若だんなが危なかったんだ。仁吉さん、いつにない程怒ってる。くわばら、くわばら」

木魚を投げた馬鹿が見つかったら、その誰かは、海の向こうまで放り投げられてしまうはずだ。

妖達が怖そうに、ぼそぼそと言い合っているとき、若だんなが、佐助の向かった堂宇の方へ目を向けた。

妖達が騒ぐ声に呼ばれたのか、広徳寺の僧達が、大勢外廊下に現れてきたのだ。

「おや寛朝様がいる。やっとお会いできた」

だがこの時、おしろが首を傾げた。黒衣の僧達の中に、白の着物に浅葱色の袴をはいた者がいて、僧達の前へ歩み出ていたのだ。

「あら、お寺に神職さんが来てますよ」

「珍しいこっちゃないだろ」

日の本では、神と仏を分け隔てせず、ありがたがる者が多いと、屏風のぞきが口にした。その上、神仏習合といおうか、多くの神社には神宮寺という寺がくっついている。

「幕府の御命で、神職さんも、寺の檀家になってるみたいだしな」

妖が、なぜそんなことを知っているのかというと、今、僧の方が上の立場に思えると、長崎屋にある稲荷（いなり）神社の祭神が、ぼやいていたからだ。よって神社に僧はいるが、寺で神職を見かけることは少なかった。

その上よく見ると、何故だか神職の顔が引きつっている。場久が首を傾げた。

「おや、もしかして飛んだ木魚は、あの神職さんが広徳寺へ持ち込んだものなのかな？　狸にでも魅入られた品で、困った神職さんが、広徳寺に預けに来たとか」

寛朝の所へは、よく妙なものが持ち込まれるのだ。しかし若だんなは、眉尻を下げた。

「神社に木魚はないんじゃない？」

「そうか。なら……ああきっと同じ地所内にある、神宮寺の木魚だ。そいつがおかしくなって、空を飛んだんだ」

「なら神宮寺のお坊さんが、自分で寺へ木魚を持ってきそうなもんだよね。何で、神職さんが、ここにいるのかしら」

「若だんな……どうしてかね？」

屏風のぞきが首を傾げたところへ、佐助が寛朝を伴いやってきた。寛朝は若だんなが無事なのを見ると、ほっとした顔になる。

「木魚が空を飛んで、ぶつかるところだったとか。とにかく無事で良かった」

だが仁吉は、危うかったと言い、般若のように怖い顔で、落ちている大岩のような木魚を指さす。寛朝がすぐに頭を下げた。

「あの木魚は、広徳寺のものだ。申し訳なかった。事情を話したいが、長い話となりそうでな。まずは直歳寮へ入ってくれ」

若だんなに、立ち話はきつかろうと寛朝が言い、皆を堂宇へ誘う。長崎屋の面々の内に、夕助やおこんの姿を見て、高僧は少し首を傾げたが、何も言いはしなかった。

ここで寛朝の弟子秋英が、僧達と、大きな木魚を取りに向かった。

直歳寮に入ると、若だんなは、また少しばかり驚いた。外廊下にいた神職と僧達が、板間に向かい合わせで座っていたからだ。その上御坊の側に、町人が一人混じっている。

(はて、木魚の騒ぎは、ただの怪異じゃないのかしら)

若だんな達は、寛朝の向かいに落ち着くと、とにかく菓子を出して挨拶をした。ここで仁吉が、長話があるなら、長崎屋の頼み事を告げておきたいと寛朝へ伝える。

おこんは小さいのだ。一に、さらわれた話を伝えねばならない。夕助のことも、早く終わらせたいようで、仁吉がさっさと寛朝へ、頼んでしまった。輪廻と転生の話をしてもらうため、長崎屋の面々は、上野にまで顔を見せたのだ。

すると今日の寛朝は、酷く物わかりが良かった。

「そこな娘御が、人さらいに遭ったとな。よろしい、おこんさんは広徳寺の者が、しかと相模国までおくろう」

夕助の件も、あっさり承知する。

「転生の件は、木魚の顛末を語った後、この寛朝が、しっかり話してやろう。若だんなを、とんでもない目に遭わせてしまったからな。詫び代わりだ」

そう言われると、兄や達も怒っている訳にもいかない。夕助が、簡単に済む話なら、先に語ってくれればいいのにとつぶやくと、寛朝が苦笑を浮かべた。

「おぬし、先ほど境内で、若だんなと共にいたのだろう。今の今、とんでもない怪異を、目にしたばかりだろうに、懲りぬことだ」

この世の理から外れた話を、簡単なこと、などと言うと、とんだしっぺ返しを受けるぞと言われ、夕助は渋々黙り込む。

寛朝は、少々疲れたような声で、木魚の件について語り出した。

「実は寺が、えらいことになっておってのぉ」

その眼差しが神職と、見たことのない僧の方へ向く。そして先ほど見た町人へ、最後に目が向けられた。

4

「木魚が広徳寺の空を、何故飛んだのか。まずはそこから、話しておかねばならんな」

寛朝はここで、神職を昭安（あきやす）、向き合って座る僧を、弘文（こうぶん）という者だと紹介した。町人は商人で、伊勢屋（いせや）というらしい。

「弘文は以前、広徳寺で修行をした者でな。今、昭安さんの神社にある神宮寺で、住職をしておる。ことの始まりは、その寺へ客が来たことであった」

神宮寺の檀家である客が、帰りに神社へ顔を出し、ついでにお参りをしていった。

「賽銭箱が置かれている拝殿の前で、客は鈴を鳴らしたのだ。すると吊していた縄、鈴緒が切れ、落ちてしまったという」

鈴緒は古かったので、客は、そのせいで切れたと言った。参拝する者が危ういではないかと、昭安へ文句も言ったそうだ。

だが昭安神職は、太い麻の紐が切れたのは、余程、扱い方が悪かったのだと怒った。落ちた鈴は、へこんでしまっていた。

「つまり、どちらが新しい鈴緒の代金を出すかで、揉めたわけだ」

客は神宮寺の檀家だから、寺へ寄進はしても、神社へは一文も出していない。なのに大事な鈴まで壊し、謝りもしなかったので、昭安は腹を立てていた。

「きゅべ、悪い奴」

弘文と昭安と客が、その時、揃って広徳寺へ来ていれば、落としどころを見つけたのにと言い、寛朝が口をへの字にする。しかし弘文と昭安は、自分達だけで話を続けた。

「しかもその間に、鈴緒を切った客が、要らぬ事をしてしまった」

寛朝は伊勢屋を、ため息と共に見た。商人は鈴緒を結び、無理に元の場所へ掛けたのだ。それで更に、話はややこしくなった。

「強引に拝殿前へ掛けた鈴緒は、すぐに解けて、また鈴が落ちてしまった」

おまけにその時、縄の先に付いていた大きな鈴が、拝殿の中へ転がった。そして、神社の大事な神鏡を倒してしまったのだ。

「ちょうど、社(やしろ)を直しておる時だとか。元々ご神体として、神社の本殿に祀(まつ)られていた神鏡が、参道に近い拝殿の方にあったのだ」

兄や達が、顔を強ばらせる。

「なんとっ、ご神体を傷つけたのですか？　それは……後が怖い」

日の本の神は数多(あまた)おわして、人々になじみ深い。だが時として、奇妙なほど怖くなる方々でもあった。

寛朝は慌てた様子で、両の手を振った。

「いや大丈夫だ。神鏡は無事だったそうだ。そうだな？」

昭安へ問うと、首を縦に振って、本当に良かったと口にする。ただ困り事は増えてしまったと、昭安は続けた。

「神鏡自体は無事でしたが、神鏡を載せるための台、雲形台が、置いてあった台から落ちまして。その時なんと一部、欠けてしまったのです」

その上、騒ぎは更に増えていった。倒れた鏡を起こそうと、拝殿の内へ入ろうとした伊勢屋が、入り口のところで何故だか転んだ。そして、足の小指を折ってしまったのだ。他の参拝者が、これは神罰ではないかと騒いだ。

「魂消た弘文と昭安、それに指を折った伊勢屋が、ここでようやく広徳寺へ話をしにきたのだ。ところが、だ」

三人が寺へきてから、なんと広徳寺の内で、次々と怪異が起きているらしい。

「突然、消えていた蠟燭に火が付いたり、誰もおらぬ部屋で、人の声がしたと聞いておる」

雲形台が壊れた話を持ち込まれてからのことだから、広徳寺の僧達は、神社は怖いと噂しているらしい。

一方昭安は、大事な品を傷つけられたあげく、どうして神社が責められるのかと、口がへの字になっていた。

「そんな時だ。この広徳寺で、ひときわ奇妙な怪異が起きた。今度は、大きな木魚が空を飛んだのだ。そして、寺へよく寄進をしてくださる大事な客人、長崎屋の若だんなに、大怪我をさせるところであった」

話をくくったところで、また、済まぬと頭を下げられ、若だんなは大丈夫だと言葉を返した。すると、人の姿になっている妖達は、数多の僧達の前で堂々と喋り始めた。

「寛朝様、そりゃ拙いです。神々が、かんしゃくを起こされたのかもしれません」

長崎屋の皆は、神様の無謀について、少々詳しいのだ。

「前の話ですがね。神様が、へそを曲げたことがありましてね」

長崎屋は、お供えものを山ほど用意した。酒も菓子も沢山、供えたのだ。

「なのに、それでも日の本の神様とは、怖いものだと思いました」

屛風のぞきはそう言葉を続け、頷く。直歳寮の中がざわめき、寛朝の眉尻が下がった。

「今回の怪異は、やはり神罰かのう。さて、我ら僧は、どうやって祭神の不興を収めたらよいのか、未だ思いつかん。神宮寺の客は、骨を折ったのに、鈴緒の金まで払うのは嫌だと言って、譲らぬのだ」

寛朝がため息を漏らし、ちらりと若だんなの方を見てくる。

（ありゃ、これはもしかして）

長崎屋の寄進で、事を収めようとしているのが分かり、兄や達がまた不機嫌になった。

だが若だんなは珍しくも、すんなり金子(きんす)を出すとは言わなかった。寛朝が首を傾げると、若だんながにこりと笑う。

「雲形台が壊れたことに関わったのは、この部屋におられるお三方です。弘文御坊と、神職の昭安さんと、伊勢屋さんですね」

その面々がやったことの始末を、他人にさせても、怪異が収まるとは思えない。若だんなははっきり、そう口にした。

「日の本の神は、優しいばかりではありませんから」

ならば若だんながお金を払っても、それは無駄なものとなる。

「商人は、無駄金を使ってはいけないんです」

「若だんな、立派な商人になられて」

先ほどまで怒っていた兄や達が、嬉しげな顔で涙ぐんでいる。寛朝は息を吐いてから、天井へ目を向けた。

「それは正しい判断だな。だが、ならばどうやって、ことを終わらせようか」

やれやれと言ってから、寛朝は、事をおこした三人を見る。

「三人とも、少しは大人になってくれ。今、聞いただろうが。他の者では、騒ぎを終わらせるわけにはいかぬのだ」

それでも三人とも、相手へ頭一つ下げない。すると広徳寺の僧達は、元々の仲間である弘文を庇いたいようで、昭安へ厳しい眼差しを向け始めた。途端、鈴緒を切った伊勢屋までが、怖い顔で昭安を見る。

「おやぁ、贔屓だね」

屏風のぞきの言葉に、他の妖達も頷き、話はこじれる一方であった。

「きゅべ、終わらない」

広徳寺でお菓子を貰いたがっていた妖達は、早々に話に飽き、逃げ出したいとつぶやく。一方僧達も、寺での用があるようで、直歳寮の部屋から、出入りを繰り返し始めた。

「これは……急いだ方がいいかな」

若だんなは、兄や達と素早く目を見交わすと、人には見えない鳴家達を、袖の内から取り出した。そして、小鬼達に頼み事をささやき、そっと板間の上に置く。妖達の袖内に入っていた小鬼も飛び出し、小さな姿はあっという間に、影の内へと消えた。

「おや、何をしようと……」

その様子を、妖を目に出来る寛朝と、その弟子秋英が、あっけにとられた顔で見つめていた。夕助は、小鬼が見えないからか、若だんなの所作を目にして、ただ首を傾げている。

すると、いくらも経たない時、皆が目を見張ることになった。

「わああっ」

庭の方から、またも悲鳴が聞こえたのだ。僧が素早く障子戸を開け、外廊下の向こう、直歳寮の庭へ目を向ける。夕助は立ち上がると、今度こそ役に立つと言い、何が起きたかも分からないうちに、悲鳴の方へ駆け出した。

そこへ僧の声が、何があったのかを告げてくる。

「怪異だ。直歳寮の庭で、また何かが飛んだ。神罰だ」

僧が指さす方へ目を向ければ、池の縁に立つ木の枝に、茶色いものが引っかかっていた。人の背よりも高い場所で、頭よりも大きなものが揺れており、危なっかしい。

「何とまぁ、次々と怪異が起きるものですね。さて、どうしてだか」

「御坊方は怪異が現れたのを、神罰に違いないと言われたが、どうでしょう。日の本の神様方が、御仏のおわす場所で、騒動を起こすでしょうか」

あっさり神罰だと断じるとは、御坊方は度胸がいい。兄や達はそう言うと、若だんなの側で口の端を引き上げる。

「もしこれが神罰でなかったら、勝手に名を使われた祭神が、お怒りになりそうだ。何かとんでもないことを、引き寄せてしまいそうですが」

木の枝にあるものは何とすり鉢で、ゆらゆらと揺れているのが怖いのか、鳴家が二匹、若だんなにしがみついてきた。

5

「しかし、あんなところに、すり鉢が引っかかるとは。余程器用に飛んだんですね」

怪異に目を向けた仁吉の言葉に、外廊下に立った若だんなは、首を傾げた。

「たまたまのことかしら。勢いよく飛んだ鉢が、どうやったらあそこに引っかかるのか、よく分からないけど」

その頃、池の周りには大勢の僧が集まり、さて、怪異をどうしたものかと、大きな声で話している。すり鉢は、広徳寺の庫裡で使っているものらしいが、怪異と化したものを木の枝から外し、また使っても大丈夫なのか、誰にも分からないようだ。

「大丈夫ですよ。あのすり鉢、妖になっているようには見えません」

佐助が寛朝に言うと、若だんなも頷いた。

「木から下ろすのは大変そうですが、でもちゃんと使えますよ」

それを聞いた寛朝が、何故だかうなると、近くにいた僧達が、妙な顔をしている。僧達はじき、すり鉢を下ろす算段を始めたが、その動きを更なる怪異が止めた。

「わあっ、今度は何だっ」

誰ぞの声が響いた途端、池の上を細いものが横切っていった。見ている間に池へ落ち、すぐに浮いたので、何なのかが分かる。飛んだのは、木魚を叩く棒のような道具、棓であった。

寛朝が歯を食いしばり、今度ははっきり怖い顔になった。

そのとき、鳴家が二匹、若だんなの肩へ帰ってくる。そして一番に戻ったので、偉いから、お菓子が欲しいと言い、小さな両の手を差し出してきた。

「うん、よい子だね。でもお菓子は、見たことを話した後で。鳴家、直歳寮の中を、ちゃんと見てたね？　庭を横切った細長い棒、どこから飛んだのか分かった？」

「きゅい、直歳寮の部屋から飛んだ。投げたの、お坊さん」

「はぁ？　坊主が棓を投げたのか」

魂消た寛朝の前で、若だんなが小鬼達へ、袖内に入れてあった花林糖を一つずつ渡す。高僧は片眉を引き上げ、小声で問いを向けてきた。

「若だんなは、先ほど小鬼達を放し、この直歳寮を見張らせていたようだな。この騒ぎを神罰とは、思っていなかったわけか」

「あの、今回の騒ぎで、神威が示されたことはあったと思います」

鈴緒を切った神宮寺の客が、神社の拝殿に入れなかったのは、多分、祭神が拒んだからだろう。伊勢屋は思いがけない力で払われ、転んで指を折ってしまったわけだ。しかし伊勢屋は、御神体を置く雲形台を壊している。神の癇癪がそれだけで済めば儲けものだと、若だんなは思ってしまうのだ。

「ただ広徳寺は、神宮寺と客と神社の騒ぎに、関わりはありません。そんな寺へ祭神が来られて、無茶をされるとは思えませんが」

「きゅい、きゅい」

「なのに、です。神職さん方がみえた途端、広徳寺で怪異が起きた。変ですね」

妙な話し声が聞こえ、木魚が空を飛び、すり鉢と棓も庭を横切った。確かに、驚くことばかりだ。だが広徳寺での件は、全て人の力で出来る事だと若だんなは考えたのだ。

「で、小鬼達に、また、ものを投げる者がいないか、見てもらってたんです」

すると僧達が池へ集まり、周りに寛朝以外がいないのをいいことに、妖達は若だんなの側で勝手なことを語り始めた。

「神宮寺から来た御坊は、元は、この広徳寺にいた坊さんだったよな」

「屏風のぞきさん、だから木魚のある場所も分かってます。神罰に見せかけて、木魚を庭へ投げることも、出来るんじゃないかな」

　おしろが言うと、佐助は口元を歪めた。

「あの大きな木魚を、一人で空高く投げたわけじゃなかろう。何人かの僧が力を合わせ、やったのだろうよ。つまり、この寺の僧達は、やはり神宮寺の僧、弘文さんの味方なんだ」

　馬鹿をやった訳は、簡単だ。仲間である神宮寺の僧が、下に見ている神職へ頭を下げるのが、我慢ならなかったのだろう。ここで若だんなが、そっと寛朝へ告げた。

「己の神社から、江戸でも名の知れた寺へ、祭神の怒りを持ち込んだとなったら、神職昭安さんは立場がありません」

　つまりこのままだと、程なく昭安が、僧へ頭を下げることになると思われた。

「神職が鈴緒の代金を出し、詫びの品も用意するでしょう。そうやって今回の件は、終わると思います」

　若だんなの言葉に、兄や達も頷く。僧達と伊勢屋は、満足するだろう。ただ。

「そうなると、僧が神罰を勝手にかたり、神職さんを騙した事になります。そんな結末にしてしまったら、後が怖いですよ」

　自分なら、たとえ千両払うことになっても、絶対にそんな終わり方にはしないと、若だんなは言い切った。長崎屋の面々は、神の怖さを色々、知っているのだ。ここで佐助が、寛朝の目を覗き込んだ。

「寛朝様、この後どうなさるつもりですか？　僧が馬鹿をしたという証（あかし）は、ありません」

　人に見えない鳴家の話など、僧達へ聞かせるわけにはいかないのだ。しかし。

「このまま、昭安さんに責めを負わせるなら、我ら長崎屋の面々は、大急ぎで広徳寺から帰ります」

罪を押しつけられた神々が、癇癪をおこし、広徳寺へ雷を落とすかもしれない。竜巻が寺を襲ったり、いきなり大猪が襲ってきたら、今度こそ若だんなが危うい。

「ええ、さっさと寺から逃げ出さねば」

寛朝は、唇を噛んだ。

「僧ともあろう者が、利を得るために、仏具を粗末に扱ったというのか。こともあろうに、有りもしない神罰が起きたように、見せかけたということか」

ならば、僧がしでかしたことの始末は、僧がつけねばならない。寛朝が、事を終わらせるのだ。

「それで無事に幕引きが出来れば、幸運という事だな。寺であっても神罰が下りかねん」

寛朝が、池の縁で騒いでいる皆の方へ、一歩踏み出した。すると、まさにその時、新たな騒ぎが起きてしまった。

「まさか、早、神罰が下ったのか？」

兄や達は身構えた。しかし、すぐに困ったような顔になった。

「あれは、神罰ではないですよね？」

猪ではなかったが、寺の庭へ入り込んだものがいたのだ。広い広い広徳寺であったし、門が開いていることも多いから、たまたま入ってしまったに違いない。

だがその姿は、意外な騒ぎを引き起こした。庭に出ていたおこんが、悲鳴を上げたのだ。

「きゃあっ、犬。大きな犬っ、怖いっ」

犬に噛まれたことでもあるのか、おこんは身を震わせると、急ぎ元いた直歳寮の部屋へ戻ろうとした。

ところが。動くものに目が向いたのだろう。逃げ出したおこんを、犬が追った。

「やだっ、怖いっ」

周りにいた者が止める間もなく、おこんが駆け出し、犬もそれに倣った。皆が驚いている間に、おこんは必死になり、当人も犬も、止まることが出来なくなってしまった。

「おこんちゃんっ、こっちへ来て」

夕助が大きな声を出し、一人と一匹を追い始めたのを見て、若だんなが目を見張る。先ほどは若だんなを庇ったものの、夕助は見事に役立たずで終わっている。今度こそ、死をも恐れない剛の者として、大いに輝きたいに違いない。

(夕助さんは本気で、転生を信じているんだな)

しかし、必死に駆けるおこんを止めるのも、犬を捕まえることも、結構難儀であった。僧達の中には手を貸した者がいたが、おこんは止まることを怖がり、僧からも逃げてゆく。

「何でこんな時に」

寛朝も、慌てて池へ駆け寄った。走るその姿の向こうで、木の枝に掛かった怪異、すり鉢が、ゆらゆらと揺れている。

「寛朝様、池に落ちないで下さいまし。騒ぎが増えますから」

弟子秋英から遠慮もなく言われて、名僧は、分かっておると口を尖らせる。今回現れたのは怪異ではなく、ただの犬であったし、さほど凶暴とも思えなかった。

だがじき、必死に駆けていたおこんが、池の縁で足を滑らせ、水の中に落ちてしまう。夕助が急ぎ池へ入って、おこんを立たせたし、庭の池は足がつくほどの深さしかない。

しかし余程冷たかったようで、おこんは大声で泣き出してしまった。

するとだ。それに驚いたのか、止まらず池の周りを駆けていた犬までが、縁の大石で足を滑らせたのだ。ただ、こちらは上手く横に飛び退き、水へは落ちなかった。

だが、助かったと見えた犬は、その後、勢いを止めきれず、畔にあった木の幹にぶつかった。そして。

ここで何とすり鉢が、木の枝から落ちてしまったのだ。ゆらゆらと迷うように揺れた後、鉢は池にいた夕助の頭に、見事に当たった。夕助は痛いとも言わぬまま、おこんの横から池に倒れ込んでしまい、そのまま起き上がらなかったのだ。

ひゃあっと、悲鳴が庭でわき上がった。

「拙いっ、急ぎ助けあげねば」

寛朝が大声を上げた時には、何人かの僧が池へ飛び込んでいた。しかし重いのか、なかなか夕助を水の内から引き上げられない。やっと岸へ上げたと思ったら、今度は息をしていないと分かる。

「これは、いけないいっ」

仁吉が大急ぎで、水を吐かせにかかったが、余程当たり所が悪かったのか、夕助はなんとしても息を吹き返さなかった。

おこんが震え出し、濡れ鼠の僧達が池の内と外で、呆然と立ちすくむ。夕助は余りに短い間に、その命を落としてしまったのだ。

6

「どうしてまた、こんなことに」

若だんなや妖達は、事の成り行きを納得出来ず、直歳寮でしばし座り込んでいた。それほど、輪廻や転生を願っていた男の死は、突然であったのだ。

だが死体が目の前に横たわっていると、驚いてばかりはいられない。弟子の秋英が、顔見知りの岡っ引きへ知らせを入れ、夕助の住まう長屋へも使いを出した。ただ。

「夕助さん、独り者だと思います。本人がそう言ってましたから」

佐助の言葉に、寛朝はため息を漏らした。

「長屋へ返しても、葬式を仕切る者もおらぬわけだ」

ならば、わざわざ京橋近くまで死体を持ち帰るのも難儀ゆえ、明日には長屋の差配に来てもらい、広徳寺で野辺送りまで済ませようという話となった。若だんなが、寛朝へ申し出る。

「夕助さんを広徳寺へ連れてきたのは、長崎屋です。うちが弔に必要な金を出します」

しかし遠くて、同じ長屋の者すら来られないのでは、通夜が余りに寂しい。それもかわいそうだと、長崎屋の皆とおこんが、一晩広徳寺で夕助と過ごすことになった。

それでも、おこんはまだ子供だから、日が暮れれば眠くなって隣の間で休んだ。すると、寛朝が寺の勤めを果たしている間に、若だんな達は客を迎え、驚くことになった。夕助の住む長屋の差配と、隣の部屋に住む笹女が、猫のダンゴを連れ、大急ぎでやってきたのだ。

「夕助さんは若いのに。何でこんなに急に」

事情を話したところ、長屋の二人は納得したものの、弱い自分が代わってやれたらと、笹女が泣き出してしまう。

町役人の一員として、差配は秋英の部屋へ、弔いの話をしに消え、入れ違いに寛朝が、通夜の席に戻ってきた。そして、まずは経を唱えてから、若だんな達と向き合い、神宮寺と神職の騒ぎは、終わったと告げてくる。

「怪異だと言ってすり鉢が飛び、木の枝に引っかかった。あんなことがなければ、夕助さんが鉢に打たれて、死ぬこともなかった」

よって寛朝は僧達に、今回の怪異は本物かと、正面から問いただしたのだ。若だんなが考えたように、あれは鈴緒の代金を掛けた、神職への嫌がらせではないかとも言ったらしい。

「証はない。ないが嘘を言えば、人死にの罪を、日の本の神へ押し付けることになる」

妖退治で高名な広徳寺の僧であれば、この世に、人の理から外れたことが本当にあると、承知しているはずであった。

「わしが何をせずとも、嘘をつけば神罰を受けよう。そのつもりで返事をしてくれ」

寛朝はそう言い……僧達から返事を得たのだ。

「若だんなの考えが当たっていた。幾らかの金のために、僧達は罰当たりなことをしてしまった。いや、それだけではなかったろう」

幕府が神職を、寺の檀家にすると決めてから、僧達は神職に対し態度が大きいのだ。今回、神宮寺の客が鈴緒を切ったのに、謝りもしなかったのは、下に見ていたからだろう。

あげく、人が亡くなることになった。神社の祭神へも、申し訳ないことをしてしまった。

「強い立場を得たからといって、その者が偉くなったわけではない。何度も言っているのに、人は簡単にそのことを忘れてしまう」

寛朝は、弟子達に目が行き届かず済まなかったと、夕助の亡骸に深く深く頭を下げた。昭安へは既に詫び、鈴緒などの代金に、詫びの分を添えた金を受け取って貰ったらしい。

「夕助さん、神宮寺の僧弘文は、もう一度修行のやり直しをするため、他の寺へやる」

寛朝は亡骸に告げた。広徳寺にいる僧達は、寛朝自身が、鍛え直すと約束した。

しかし、生きていればやり直すことも償いも出来ようが、亡くなってしまえば、後はこの世から離れてゆくだけだ。

「夕助は若かったのだ。やりたいことも、心残りもあっただろう。やるせないことだ」

側にいた笹女が、また涙をこぼし、顔を手ぬぐいで覆う。ダンゴがみゃあと鳴き、前足で夕助に触った。

すると。

「きゅい……きゅんべ」

膝にいた鳴家が、若だんなの袖を引いた。

「どうしたの？」

若だんなが問うと、小さな手が、夕助の傍らを指している。途端、兄や達が目を見開き、若だんなも動くことが出来なくなった。

通夜の席に、見たこともないお方が現れていたのだ。側で寛朝が息を呑む。

「こちらは……どなたかな？」

問われたが、夕助の遺骸を覗き込んでいる者が誰なのか、若だんなには分からない。万物を知ると言われている白沢(はくたく)、仁吉が、ここで若だんなの後ろからその名を告げた。

「こちらは昭安神職がおられる神社の、祭神であられましょう。そう……大物主(おおものぬし)神様かと」

「これは……」

寛朝をはじめ、場にいた皆が頭を深く下げると、大物主と呼ばれた祭神は、やんわりと笑った。しかし、そうやって機嫌良くしていても、日の本の神は、気を抜くことなど出来ない方々だ。若だんなは小鬼を袖内へしまい込むと、姿を見せた訳を問うてみる。

祭神は、亡くなった夕助を前に、思いがけないことを口にした。

「拝殿で雲形台が壊れたとき、わしは癇癪をおこした。最近神社へ来ても、神宮寺だけを訪れる者が、増えておったからな」

ならば、用を済ませさっさと帰れば良いのに、拝殿へ寄り願い事だけはしていく。それが気にくわなかったと言ったのだ。

「だから今回は、神罰をくれてやろうかとも思った。だがすぐ、この寺へ話を持ち込んだので、迷い、手を出さなかった」

しかしそれゆえに、話は神社の内のみでは終わらず、結局巻き込まれた夕助が、命を落とすことになったわけだ。

「わしの迷いが、この男の生死を分けた。それが気に掛かってな」

よって祭神は、その思いに片をつけるため、こうして広徳寺へやってきたのだ。そう言うと、若だんなを見た。

「この男、夕助と言ったな、望みはあったか？　それは何であった？」

「あの……その、輪廻転生し、死など怖がらずに英雄となること。それだったと思います」

「おお、それは変わっておるな」

仁吉がここで、わずかに笑った。

「夕助は、今の己を覚えたまま、生まれ変わる気でいたのだと思います。転生のことを、死んでも、元のまま生き返ることのように、勝手に思っていた様子で」

気楽な考えをしたものだが、しかし最後はちゃんと、おこんを守ってから亡くなったのだ。行いは一貫していた。

「かなりいい加減だったけど、憎めない男でした」

最後の一言は笹女の連れ、猫又のダンゴが口にしたので、思わぬ所に妖を見つけ、寛朝が驚いている。祭神は笑いだし、ならばその願いを叶えてやろうと、突然言い出した。

「は？　祭神が夕助を、この世に引き戻すと？」

「転生をし、今生のことを覚えていれば、望みが叶うのだろう？　人一人のことなら、仏ではないわしにも、何とか出来ようさ」

その時祭神が、ふっと笑い、それを見た若だんなは、急に背筋を伸ばしたくなった。寛朝も姿勢を正し、祭神と向き合う。大物主は高僧へ、はっきりと言った。

「どんな者でも、望みが叶うことが、幸せに繋がるとは限らぬ。生まれ変わった後、今の己を覚えているのが、嬉しいかどうか。さて、どうかな」

ただ、それでも転生が夕助の望みなのだ。

「だから望む通り、生まれ変われればよい。その後のことは、己で何とかしていくのだな。輪廻転生を願ったことが、良かったのか、不幸となるのか。おお、見てみたい気もするな」

「それはまた……身も蓋もないおっしゃり方で」

「ははは、そう聞こえるか」

佐助のつぶやきを笑い飛ばした時、祭神は既に、通夜の席から姿を消していた。突拍子もない明日を約束された夕助は、既に亡くなって返事すら出来ないから、祭神の意向を、受けるしかない。通夜の席に集まった皆は、顔を見合わせることになった。

「まあ。では夕助さんは本当に生まれ変わって、お江戸に戻ってくるんでしょうか」

ならば嬉しいと、笹女が目を煌(きら)めかせる。しかし仁吉は、眉をひそめた。

「祭神は約束を違えたりはなさいません。ですが転生しても、人になるとは限りませんよ」

世に生き物は多いから、多分人以外のものになるのではと、仁吉は口にする。寛朝はため息を漏らし、もし夕助が鼠に生まれたとしても、食べてくれるなと二匹の猫又に願った。

「まあ、大変。本当に気をつけなきゃ」

「その、我らには誰が夕助の生まれかわりなのか、分かるのでしょうか」

猫又達が問うが、並ではない事だから、返事を出来る者がいない。夕助の通夜は一気に騒がしくなり、野辺送りも、涙が吹っ飛んだものとなって終わった。

7

「お前さん、夕助だよね。うん、そんな気がする」

若だんながそんな言葉を口にするまで、一月とかからなかった。ある日、庭の花へ来た蝶に、若だんなは突然そう話しかけたのだ。

離れにいた妖達がさっと顔を上げ、ひらりと舞う蝶を目で追う。

「あら、夕助さん、転生したんですか」

おしろと屛風のぞきが急ぎ庭へ降り、蝶と向き合ったが、話す事が出来ない相手だから、確かめられない。

「でも……そんな気がするな。うん、違いないよ」

屛風のぞきが頷くと、笹女と会わせようという話になり、小鬼が二匹、夕助が元いた長屋へ走った。笹女は夕助が戻ってくるのを、心待ちにしているからだ。

「でも生まれ変わるのが、早かったね。さすがは祭神様のなさることだ」

笑う若だんなの前を、蝶はふわふわと飛ぶ。そして近くの朝顔の葉に落ち着いたので、小鬼達が嬉しげに、小さな手を差し出した。

ところが、その時。

「きょんぎゃーっ」

鳥が鳴家の前をかすめて飛び、小鬼達が悲鳴を上げた。鳥は、口に蝶をくわえた。夕助は皆と出会った途端、蝶としての短い一生を終えてしまったのだ。

「な……なんと」

鳥は虫を食べるものだし、そもそも蝶は、長く生きることなどない。だが、そうと分かっていても、離れの皆は顔色を蒼（あお）くし、若だんななど、庭で座り込んでしまった。

仁吉と佐助が飛んできて、大丈夫、夕助ならば、またすぐに転生すると慰めてきたので、若だんなは頷く。ただ。

「今度は長生きするものになって欲しいよ」

本心、そう願った。

すると若だんなは十日の後、近くの堀川で見つけた小さな鯉と、目を合わせた。

「夕助さん、今度は魚になったのかな」

鯉ならば結構長寿のはずで、若だんなは嬉しくなる。ただ。

「まだ、本当に小さいね。また鳥に、食べられたりしないかしら」

長崎屋へ連れ帰って、大きな金魚鉢で過ごしてもらった方がいいのだろうか。若だんなは迷ったが、佐助は魚を部屋に置いておくと、その内、野良猫が入って来て食べてしまうと言い出す。

「それは怖いね」

結局そのままにしたが、今度は笹女にも会わせることができた。ところが三日と経たない内に、鯉の夕助は、顔を見せなくなってしまったのだ。

「また……死んでしまったのかな」

「きゅべ、大きな魚に食べられたの？」

短い間に、何度も死を迎えているのだ。夕助は辛くないだろうか。笹女も若だんなも、心配が先に立ったためか、具合がまたも悪くなる。魂消たダンゴや妖達は、夕助が今度こそ、丈夫で長生きな者に生まれ変わってくれと、神社へ参り祭神へ願う事になった。

ところが、そうまでしても、ことは収まらなかった。

御仏ではなく、祭神が関わっているためか、夕助は驚くほど早く生まれ変わり、死を重ね続けたのだ。菜の花になったら、芋虫に食われた。蟻は雀に食べられ、鳩になったときは、鷹の餌になった。

次々と姿が変わっていくので、多分、若だんな達が気が付かない内に、消えてしまった姿も多かったに違いない。離れでは妖達が、顔を見合わせた。

「正直に言うと、夕助さん、英雄にはなってません。ただ、生まれ変わりを繰り返してるだけですよね」

鈴彦姫(すずひこひめ)の言葉を聞き、碁を打っていた貧乏神が、苦笑を浮かべる。

「ひゃひゃっ、ああも、まめに生まれ変わってるんじゃ、英雄になる暇などないさ」

「きゅい、死んでばかり。お腹空かないの？」

「ご飯を食べる暇も、ない気がするねえ」

転生の目的は、人から褒められ、目立つことだったはずだが、上手くいったようには見えない。新しい命を得ても満足できていないから、夕助は、生まれ変わりを止められないのかもしれなかった。

「どうやったら、夕助さんがもう少し落ち着けるんだろう」

若だんなと笹女は、心配をし続けていたのだ。そうした日々が続いた後。

ある日佐助が、廻船問屋(かいせんどんや)長崎屋の方から、離れへ大きな鳥かごを持ち込んできた。

中に居るのは、鳩ほどの大きさの鳥だ。目の下に黄色いところがあり、嘴はみかん色、そして残りの羽は艶やかな黒一色であった。

「長崎から入った荷に、こいつがいました。で、若だんなのために手に入れたんですよ」

「私のため？」

離れの皆が、籠を覗き込んだ。すると、大きな声がしたのだ。

「きゅーっ、夕助っ」

「ええっ？　話したっ」

「きゅーっ、夕助、喋るっ」

「これは九官鳥と言い、外つ国から来た鳥で、人の言葉を真似ると言います。ですが……こいつは勝手に、喋ってますね」

しかも、馴染みの名を名乗っているのだ。

「なんとまあ。夕助さん、今度は異国の鳥になったの」

初めて言葉を話せる者に生まれ変わったからか、夕助はぺらぺらとよく喋った。長崎屋へ薬を取りに来た笹女は、久方ぶりに夕助と話し、それは嬉しげに笑った。

「きゅーかん、なつかし」

それで、ダンゴも夕助と話したかろうと、若だんなは九官鳥の夕助を、一時(いっとき)笹女の長屋へ貸すことにしたのだ。

夕助が元いた長屋だし、笹女へ九官鳥を渡しても良いかと、若だんなは考えた。だが、余所（よそ）の国から来た話す鳥は、高直（こうじき）だ。鍵もろくに掛けられない長屋では、あっという間に盗人から目をつけられ、夕助がさらわれてしまいそうであった。

「その上、九官鳥は大きいです。その鳥籠は場所を取ります。笹女さんが三味線を教える場所が、部屋内に、なくなっちまいますよ」

長屋には一間と、小さな流ししかない。そこで寝て、教えて、笹女は暮らしているのだ。ダンゴの居場所は、行李（こうり）の上であった。

「やっぱり無理か」

佐助の言葉に頷くしかなく、若だんなはとにかく夕助を、数日貸し出した。

すると喋る鳥のことは、長屋であっという間に評判になったらしい。三日の後には、なんとよみうりが、長屋の九官鳥について書き、長崎屋の皆もそれを読んだ。

「おやおや。今は鳥なんだから、派手に話すと拙いって、若だんなが言ったのに。夕助さんときたら、話しまくってるな」

屏風のぞきが苦笑を浮かべつつ、小鬼とよみうりを読んでいる。若だんなと兄やは、早く返してもらった方が良いのかと、悩むことになった。

するとやはりというか、すぐに大事が長屋で起きてしまった。よみうりが出た夜、笹女の部屋が、盗人に襲われたのだ。長崎屋の皆が、日限（ひぎり）の親分からそのことを聞いたのは、翌日のことであった。

「笹女さん、大丈夫だったんですか？　夕助さんは？　あ、無事だったんですね」

慌てて、若だんなが駆けつけようとすると、仁吉に襟首を摑まれ、布団で海苔巻きにされてしまった。代わりに、おしろと場久が笹女の長屋へ顔を出し、面白い話を拾ってきた。

「盗人、何も盗れず、逃げちまったそうです」

おまけに、ダンゴに頬被りを取られ、顔を見られていた。そしてすぐ、名が割れたのだ。

「なんと盗人は、笹女さんの元の亭主だったんですって！」

よみうりには、九官鳥がいる家には、ダンゴという猫もいるが、一羽と一匹は仲良く暮らしていると書いてあった。黒松はそれで、どこへ盗みにいけば良いか知ったわけだ。

ここで場久が、にやりと笑う。

「ところが、です。今回はダンゴさんと夕助さんが、黒松にやり返した」

ダンゴは猫又だから、人の姿に化けると、長屋にあった心張り棒で、黒松に打ちかかった。そして夕助は長屋中に響く大声で、黒松が盗みに入ったと、わめき立てたのだった。

長屋の面々が、黒松をただでは逃がさなかった。笹女の金を盗み、女と逃げたことを、皆、よく覚えていたのだ。ほうきで叩き、竈（かまど）の灰を投げつけ、さんざんな目に遭わせたらしい。おしろは、若だんなが勧めた焼き大福を食べつつ、満足げに頷いた。

「黒松は貧しげな格好だったと、長屋の皆が言ってました。笹女さんのお金を、取り戻すのは無理だったとか」

ただ黒松は分不相応に高い、立派な根付けを、腰の煙草入れにつけていた。

「それで、黒松とダンゴがやり合ってる間に、夕助はその根付けを手に入れたんです。高い品を持ってたって、どうせ博打などで取られちまいますから」

「ああ、その根付けを売って、笹女さんが盗られた金を、返してもらうんだね」

若だんなが頷く。ダンゴと夕助はその金で、笹女に少し広い家を借りると言っていた。そうすれば三味線の弟子を、増やすことが出来る。笹女の暮らしも、良くなるはずであった。

「それは良かった」

おしろが、一言付け足す。

「ならば自分は、広くなる笹女の家で暮らす。夕助さんときたら、勝手にそう決めていましたよ」

「あらま」

「話相手になり、盗人から庇う。笹女さんには、夕助さんが必要なのだそうで」

夕助はやっと己の勇気を見せ、活躍できる場を見つけたのだ。その決意を聞いたダンゴは重々しく頷き、何故だか同居の許しを与えたらしい。

今、九官鳥の持ち主である若だんなのことは、誰も考えに入れておらず、笑えてきた。

「まあ、夕助さんが落ち着けるというなら、それがいいか。九官鳥は笹女さんへの、引っ越し祝いとしよう」

「若だんな、いいんですか？　随分と高い祝いとなりますが」

「無理に長崎屋へ置いて、がっくりきたら、夕助さん、またぽっくり死んでしまうかも。死んだ九官鳥は、話さないよ」

「確かに」

そうなったら、一文の価値もなかろう。

兄や達が納得し、夕助はめでたく、笹女達と暮らすことになった。

「夕助さん、しばらく死んでないよね。ほっとしているかも」

若だんなの言葉に、周りにいた妖達が揃って頷く。金次がひゃひゃひゃと笑った。

「落ち着くかね。でもそうなると、転生の仕方を、当人が忘れちまいそうだが」

何しろ夕助は、御仏の決まり事に従って、転生しているのではない。祭神の気まぐれで、他とは違う、不思議な命のつなぎ方をしているだけなのだ。

若だんなは大福を半分ちぎって、小鬼達に分けつつ、言葉を返した。

「金次、忘れても、夕助さんは気にしないんじゃないかな。まさか鳥となって、江戸で暮らすとは思わなかっただろうけど」

ならば、このままがいいかも知れないと言ってみる。

(長く長く生きている妖達は、夕助さんの転生、どう見てるんだろうか)

気になったが、ここで小鬼達が大福の取り合いとなり、慌てて止めている間に、話す頃合いを失ってしまった。それでも転生のことは、これから己の心に引っかかり続けるだろうと、若だんなには分かっていた。

(私は皆と、ずっと居たいと願ったことがある。ならばいつか夕助さんのように、転生を望むのかしら)

転生をしても、簡単には人になれないことを、今回、見せつけられた気がする。繰り返される死の果てまで行かねばならない。その覚悟がなければ、妖達と再会するどころか、人として、この世に戻ってくることすら出来ないだろう。

（それでも……やっぱり、皆に会いたいんだ。そう思ってしまうんだ）

この気持ちを寛朝など僧へ話したら、転生について、一晩でも語り明かすことになる気がした。

（私は死ぬのが、怖いんだ。けど、皆と離れてしまうのは、もっと辛いんだ）

どうしたらいいのか迷っても、明日が、己の都合の良いようになる訳もない。それでも若だんなはやはり、長く生きる妖達との明日を、考えてしまうのだ。

（生きていくって、毎日、山のように考えることなんだな）

戸惑うと、明日が分からなくなってくる。それで先へ踏み出すのが、怖く思えてしまったりする。若だんなは、ふっと怖くなった。

だが。

（あ……）

その時、また大福を分けて欲しくて、小鬼達が必死に膝へよじ登ってきた。そして小さな手を、嬉しそうに差し出してきたのだ。

「きゅんい、大福」

その声と共に、気持ちがふわっと楽になる。涙が滲んで来る気がした。

（大丈夫。皆がいるんだもの。これからも色々あるだろうけど、きっと大丈夫）

若だんなが笑うと、小鬼達も嬉しげにしている。小さくちぎった大福を渡すと、抱えた小鬼が、きゅんいと嬉しげにかぶりついた。

終

「きょんげーっ」

ある日、真夜中に小鬼が泣き声を上げ、長崎屋の離れの皆が、目を覚ました。

若だんなも起きたが、珍しくも兄や達が怒らなかった。小鬼は目に涙をためて、若だんなにしがみついていたからだ。

「きゅげ、若だんながいなくなった」

だから、金平糖を入れた茶筒はずっと空で、菓子鉢には饅頭が、入らないままだったという。

小鬼は不思議に思って、布団の中へ潜り、探してみたのだが、若だんながいなかったのだ。

何回探しても、見つからなかったというのだ。

「きゅんべー、若だんながいない」

当の若だんなにしがみつきつつ、そうやって泣くものだから、若だんなも兄や達も、困ってしまった。

その内、他の鳴家達も不安げな顔を向けてきた。更に屏風のぞきや、一軒家の皆まで、ぞろぞろと顔を見せ、やはり眉毛を八の字にしているのだ。

仁吉がそれを見て、ため息を漏らした。

「最近、若だんなが生まれる前の話とか、何度も聞きましたから。妖達は少し、不安になってしまったのかもしれませんね」

長く長く時を渡っていくものにとって、人が、ある日突然消えてしまうということは、とんでもない災難なのかもしれない。何しろ、自分達は変わらずにいるのに、昨日までの暮らしが、吹っ飛んで無くなってしまうのだ。

「そうか、それじゃ怖いよね」

でも若だんなには、明日が変わらないとはいえない。この世が、このまま続くとも言えない。色々なことを背負い、変わっていく時を、乗り越えてゆくしかないことは分かっているが……今、泣いている小鬼にそれを言っても、益々怖がるだけだろう。

「さて、どうしたものか」

若だんなはここで、腕の中で泣く小鬼を、きゅっと抱きしめた。そして、柔らかな声で告げたのだ。

「大丈夫。今、私はここにいるよ。そうだろ？」

小鬼は顔を上げ……少し首を傾げた後、頷いた。確かに若だんなは、目の前にいる。

「じゃあ、明日よりもっと先のことを怖がって、泣くことはないから。だよね？」

「きゅわ？」

鳴家はもう一回首を傾げてから、うんうんと頷いた。すると、何だか大丈夫な気がしてきたと言い、また、若だんなを強く摑んでくる。

「いた。きゅい、若だんな、いた。大丈夫」

ここで屛風のぞきが、笑いつつ口を挟んだ。

「若だんながが、来月寝込むかもしれないって、泣いてたら、一年中泣くことになるぞ。まあ、そういうことだ」

「屛風のぞき、そのたとえ話はないよ」

若だんなが口を尖らせたが、夜の部屋に笑い声が上がり、小鬼はぐっと落ち着いていく。そして。

この日はその後、離れの寝間一杯に、布団を敷いた。その上に、ありったけの夜着を掛け、皆で中にもぐって、一緒に寝たのだ。悪夢を食べる場久が、今日は怖い夢など近づけないと約束してくれたので、皆、安心して目をつぶった。

夢の中には、金平糖の山があって、小鬼達が喜んで駆け回っていた。若だんなは笑みを浮かべた。

(ああ、甘い夢だ。でも)

夢の中であっても、自分の明日は見えないものだと思う。

それでも夜が明ければ、また日々を過ごしていくのだ。

(大丈夫。皆が一緒にいてくれるもの。ちゃんと明日へ行ける)

若だんなが、自分に言い聞かせていたとき、小鬼が金平糖の雨を降らせてくる。若だんなは夢の内だからと思い、この夜は思い切り遊んだ。
甘い香りと共に、色とりどりの金平糖が、弾けて転がった。

初出一覧

序	書き下ろし
昔会った人	小説新潮二〇一八年一月号
ひと月半	小説新潮二〇一八年二月号
むすびつき	小説新潮二〇一八年三月号
くわれる	小説新潮二〇一八年四月号
こわいものなし	小説新潮二〇一八年五月号
終	書き下ろし

著者略歴

高知生まれ、名古屋育ち。名古屋造形芸術短期大学ビジュアルデザインコース・イラスト科卒。

2001年『しゃばけ』で第13回日本ファンタジーノベル大賞優秀賞を受賞してデビュー。ほかに『ぬしさまへ』『ねこのばば』『おまけのこ』『うそうそ』『ちんぷんかん』『いっちばん』『ころころろ』『ゆんでめて』『やなりいなり』『ひなこまち』『たぶんねこ』『すえずえ』『なりたい』『おおあたり』『とるとだす』、ビジュアルストーリーブック『みぃつけた』(以上『しゃばけ』シリーズ、新潮社)、『ちょちょら』『けさくしゃ』(新潮社)、『うずら大名』(集英社)、『明治・金色キタン』(朝日新聞出版)、『若様とロマン』(講談社)、『ひとめぼれ』(文藝春秋)、『まことの華姫』(KADOKAWA)、エッセイ集『つくも神さん、お茶ください』(新潮社)などの著作がある。

むすびつき

二〇一八年 七 月二〇日 発 行

著 者 畠中(はたけなか) 恵(めぐみ)

発行者 佐藤隆信

発行所 株式会社新潮社

東京都新宿区矢来町七一

郵便番号一六二—八七一一

電話 編集部(03)三二六六—五四一一

読者係(03)三二六六—五一一一

http://www.shinchosha.co.jp

印刷所 大日本印刷株式会社

製本所 加藤製本株式会社

ISBN978-4-10-450725-2 C0093